赤金武蔵
イラスト magako
ツンな女神さまと、誰にも言えない秘密の関係。
JN054252

言えない秘密の関係。

物紹介

八ツ橋葉月

やつはし はづき
高校二年生

基本面倒くさがりだが、優しく面倒見がいい。
男子校・黒波高校の生徒会長だったが、
氷花が通う白峰女子高に黒波高校が統合されたことで
しばらくの間、氷花とダブル生徒会長を務めることになった。

雪宮氷花

ゆきみや ひょうか
高校二年生

凛とした佇まいから〝氷の女神様〟として名高い、ザ・生徒会長。
才色兼備だがお堅く、融通がきかないところも。
完璧を演じる一方で、
実はポンコツでもあることを葉月に知られてしまう。

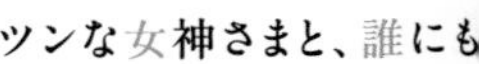

ツンな女神さまと、誰にも

登場人

黒月陽子

くろつき ようこ
高校二年生

白峰女子と黒波の統合化で再会した葉月の幼なじみ。
派手な見た目とは裏腹に我慢強く、元気で前向きな性格。
誰とでも分け隔てなく接することができる。
氷花とは真逆に見えて、とても仲良し。

水瀬淳也

みなせ じゅんや
高校二年生

とってもお調子者な葉月の親友。
女好きだが一年間の男子校生活を経たせいで、
女子にまったく免疫がない。
勉強が大の苦手で、宿題は基本葉月に見せてもらっている。

ただ、考えている。
それだけで、まるでこの世界が雪宮氷花を
中心にして存在しているかのような錯覚に陥った。
西日が窓から射し込み、後光のように雪宮を包み込む。
映画のワンシーンと言われても信じられるくらい、
今の雪宮は神々しく見える。
思わず息を呑んで雪宮を見つめていると、
彼女の目が僅かに動いて俺を射貫いた。

……綺麗だ……。

でも黒月は何も気にしていないみたいで、
可愛らしくニカッと笑った。

「ぬへへ。

はづきち、おっはー」


「お、おは、よ……っ!?」

「なに、意識しちゃってんの?

かーわいっ。こんな距離、女子同士では当たり前だって」

「俺、男の子!」

「あ、そーだったね。幼なじみだからまったく気になんなかった」

気にして! そこは頼むから気にしてください!

声のした方を振り向く。
と、いつの間にか
俺の前の席に座っていた
黒月と目が合った。

しかも、
超々至近距離で。

少し体勢を崩したら鼻キスしちゃいそうなほど近い。
女子校の距離感なのかわからないけど。
男子校出身者にそれをやるな。死人が出るから。

Contents

ツンな女神さまと、
誰にも言えない秘密の関係。

ツンな女神さまと、誰にも言えない秘密の関係。

赤金武蔵

立てば令嬢、座れば美玉（びぎょく）、歩く姿は女神様——

凛（りん）とした声音は聴く者を陶酔させ、ふとした笑顔はさらなる恋心を募（つの）らせる。

氷を思わせる、冷たくも温かな眼差（まなざ）し。銀河を束ねたように美しく、輝きを放つ髪。

美しさを凝縮（ぎょうしゅく）したような彼女は、今日もみんなからの羨望（せんぼう）を一身に集める。

普通に生活をしていたら絶対に関わることのない、高嶺（たかね）の花。手を伸ばしても、渇望（かつぼう）しても届かない、氷の女神様。

これは、そんな彼女と接点もなかった俺の、誰にも話せない……秘密の物語。

プロローグ　氷の女神様

男子校に進学した時点で、友との不変の友情は築けても、彼女を作って薔薇色の青春を謳歌することは、ほぼ諦めるしかない。

他校に女子の友人がいるわけでも、男友達を通じて女子の知り合いができるわけもなく、ただただ女子という存在や彼氏彼女という関係への憧憬を覚えるのみ。

少なくとも、俺の周りでは彼女ができたという話は一切聞いたことがなく、常日頃から部活動やバイトにのみ青春を費やしている男どもの話ばかりが耳に入っていた。

――が、最近は違う。

クラスが……否、学校中が浮き足立っている空気を感じる。

もちろんと言ってはなんだが、俺もその中の一人だ。

教室で何をするわけでもなく椅子に座っていると、親友で腐れ縁の水瀬淳也が、興奮気味に俺の所にやってきた。

「おいおいおい聞いたかよ葉月！　今度うちが統合する先！　白峰女子の生徒会長の噂！」

「うるっさ……とっくに知ってるって、例の生徒会長についてだろ」

る。

　先にも言ったが、俺たちの通っている私立黒波(くろば)高校は、女に縁もゆかりもない男子高校である。

が、地方都市にあるため年々生徒数は減少。その結果、来年度から一番近隣にある私立白峰女子高校と、統合されることとなった。学校中の男どもが浮き足立っているのは、そのせいだ。

　白峰女子は、この辺に住んでいたら絶対に聞いたことがあるほど、有名な進学校だ。中には財界のご令嬢や、大企業の社長を父に持つ女の子が通っているらしい。当然だが、黒波とは偏差値のレベルも伝統や格式のレベルも、何もかもが違う。

　本来なら、俺たち程度の庶民が関われるなんて到底ありえない。俺も例に漏(も)れず、今から緊張してるんだが……女っ気(け)のない男子校の男どもは女子校との統合ということで、心ここにあらずといった感じだ。

　淳也は染めた茶髪を振り回し、身振り手振りで噂の生徒会長について口にする。

「女神のように美しく、清純でクールで知的な風貌。運動神経も抜群で生徒や教師からの人望も篤(あつ)い。名前は、雪の宮に咲く氷の花と書いて、雪宮氷花(ゆきみやひょうか)……こんな完璧美少女と同じ学校だなんて、最高だぜ！」

「同意はするが、正直気持ち悪いぞ、淳也」

「うっせ。むしろお前の方がテンション上がれよ」

　上がってるけど、自分以上にテンションが高い奴が傍(そば)にいると、むしろ冷静になるのって俺だけか？

俺のリアクションが気に入らない淳也はむすっとした顔を見せたが、すぐに俺の肩に腕を回してにやにやしてきた。

「そ～んな美少女様と一緒に活動できんだろ？　なあ、八ツ橋葉月生徒会長殿？」

「そんなに羨ましいなら、お前も生徒会入ればよかったろ」

「は？　やだよ、だりーし。あんなのに率先して入るとか、ただのドMだね」

こいつ、いっぺん絞めたろか？

淳也の腕を振り払うと、かばんを背負って帰路につく。

そう。淳也の言う通り、俺は黒波高校の現生徒会長である。

本来なら統合後に、黒波の生徒会は用済みになるはずだった。しかし統合後は、男女の違いで何かと苦労するだろうというのが、両校の校長のありがたーいお言葉である。いや、まったくありがたくないが。生徒会長だって、半ば押し付けられたようなもんだし。

と、いうことで、統合後は任期を終える十月までの間、黒波高校生徒会と白峰女子高校生徒会の二つの組織が併存することになった。

面倒なことが起きなければいいんだけど……心配だ。果てしなく。

◆数か月後◆

「それではこれより、白峰女子生徒会と黒波高校生徒会、第一回定例会議を行います」

凛とした声、凛とした佇まい、凛とした表情。

まるで物語に出てくるお姫様のように美しく、女神のように神々しい。

異物を寄せ付けないといった雰囲気の、凛々しく端正な身のこなしの女子生徒。

噂に聞く白峰女子生徒会会長、雪宮氷花の第一印象は、そんな冷たいものだった。

銀河を束ねたかのように美しく、腰まで長い髪が、西日を反射して煌びやかに輝く。胸は控えめというか乏しいというか。しかしそこも、どこか奥ゆかしさが感じられた。

本当に噂通りの超絶美少女。美しいとも言えるし、可愛いとも言える。

事実こっちの生徒会メンバーは、女子と対面で座ることにも慣れていない野郎ども。女子たちが同じ空間にいるこの状況に、ずっとそわそわしっぱなしだ。

さらに雪宮氷花ほどの極上の美女がいることも相まって、いつもの男子校ノリのテンションはどこへやら、借りてきた猫のようにおとなしい。

俺？　もちろん緊張してるに決まってるだろう。女子に慣れてない思春期男子高校生のコミュ力を舐めるんじゃない。

雪宮の前口上を聞きながら、気持ちを落ち着かせるためにあらかじめ配られたパンフレットへ目を落とした。

その拍子に、自分が袖を通している制服に目が行く。黒波の時は黒の学ランだったけど、今着ているのは白のブレザーだ。白峰女子は女子校だから、当然男子の制服はない。だから新しく作られたのだが、やっぱりまだ違和感がある。

パンフレットに載っている学校案内に目を通すと、すべての施設が厳かで、美しい。まるで校内全体が一つの芸術品だ。さすが、近隣からお嬢様学校と呼ばれているだけはある。

そんな『お嬢様』って言葉が似合う雪宮は、すべてにおいて隙がない。言葉の端々に上品さが見え、所作も洗練されている。気がする。洗練された所作とか見たことないからわからないけど。

俺たちからの羨望の眼差しを受けつつも綺麗な顔を崩さず、雪宮は事前に用意していたのか、資料を手に淡々とことの経緯を説明していた。

「黒波高校の生徒数減少に伴い、白峰女子高校と統合。生徒会が二つ存在するという事態になっています。ですが今期の黒波高校の生徒会は続投していただき、両校の親睦を深めるべく、まずは生徒会同士で会議を――」

いや堅い堅い堅いっ、なんかすごく堅い！　ロボットかこいつは！

見ろこっちの生徒会メンバーを、めっちゃぽかんとしてんだろっ。うちの会議とかあれだぞ、『これで行くべ！』↓『うぇーい！』って感じだぞ！　こんながちがちの会議とか慣れてないんだけど！

雪宮の言葉はなおも続く。ちゃんとしてくれているのはわかるが、こんなことしていても会議は微塵も進まない。さっきまで雪宮の声にうっとりとしていたこっちの奴ら、まるでお経を聞かされているみたいに、段々とまぶたが落ちてきてるぞ。正直、俺も眠い。こんなの、ずっと聞いていられるか。

とにかく、黒波高校生徒会会長として、俺が場の空気をどうにかせねば。

話を遮り手を挙げると、雪宮の氷のような視線が突き刺さった。いや、怖いわ。

「……八ツ橋生徒会長、どうぞ」

「話の腰を折ってすまん、雪宮。事前説明もいいけど、そろそろ定例会議を進めないか？　こんなんじゃいつまでも話なんて進まないだろう。まあ、今日は会議ってより、これからどうするのかをのんびり話し合うって感じなんだろうけど」

俺の言葉に、こっち側の生徒会メンバーはうんうんと頷く。が、雪宮に眼光鋭く一瞥されて黙って俯いてしまった。いや、お前らもっと俺を援護しろよ。負けんな。

まあ、こいつらの気持ちはなんとなくわかる。雪宮の冷たい眼光は、俺たち黒波高校の生徒会メンバーを見ているようで見ていないんだ。どこか高飛車というか、なんとなく下に見られてるような気がする。……いや、多分気のせいだろう。俺らの劣等感が、そう思わせてるんだ。

相変わらず無表情のまま、じっとこちらを見てくる雪宮。俺も負けじと、雪宮から目を逸らさない。逸らしたら負けだ。なんの勝負かって？　知るか。

「……それもそうね。それでは会議を始めます」

ほ……よかった、折れてくれて。ここで雪宮が意固地になったら、それこそ会議なんて進まないからな。

雪宮は自席からホワイトボードの前に移動すると、まっさらなそのボードの上に綺麗な字で文字を書く。

「本日の会議の議題は、【親睦】。両校の親睦を深めるべく、軽くイベントを催したいと考えています。まずは私の意見から」

へえ、軽いイベントか。いいな、それ。レクリエーションってことだろう？　確かにそれなら、親睦を深めるのにもってこいかも。

でも、女子校と男子校のノリの違いで、どんなレクリエーションをするんだ？　詩を詠みましょうとか言われたら、地獄の空気になること必至だけど。

そんな俺の疑問も、雪宮の次の言葉ですぐに答えを得られた。……呆気にとられる形で。

「生徒会メンバー全員で、まずは校内を散策。私が各所で本校の歴史を説明していきますので、それを聞き終えたらスタンプを押していくスタンプラリーを行いたいと思います」

………。

はい？

え、今なんて言った？　散策？　歴史？　スタンプラリー？　……は？

言っている意味がわからず呆然とする。さすがに今ので目が覚めたのか、野郎どもは口を開けたあほ面で雪宮を見ていた。そりゃあそうだよね、これ変だと思ってるの、俺だけじゃないよね!?

俺がまた手を挙げると、雪宮は冷たい目を向けてきつつも、「どうぞ」と発言を促した。

「えーっと……雪宮、ひとつ聞くが、親睦って意味理解してる？」

「ええ、もちろん。互いに親しみ合い、仲良くすること。友好、親交ともいいますね」

そんな国語辞典に載っていそうな回答を求めたわけじゃないんだが!?

ま、まあいい。重要なのはそこじゃない。

「スタンプラリーで、本当に親睦が深まるとでも?」

俺の疑問に、野郎ども全員の視線が雪宮へ突き刺さる。

いやいや、まさか本当にそんなこと考えてるわけないよな。あ、もしかしたら雪宮なりの冗談か? 緊張してる場を和らげようとして――

「思っているけど、何か?」

「マジか……!」

他の白峰女子生徒会メンバーを見るも、ほとんどが雪宮の意見に異論はないようである。苦笑いをしているのは、一人や二人くらいだ。

どうやら雪宮氷花って女の子は、かなり真面目な性格らしい。いや、真面目というか、堅物というか……。

頭を抱える俺にかちんときたのか、雪宮は鋭い視線を向けてきた。

「なら八ツ橋生徒会長。あなたならいい意見を出せるの?」

げ、墓穴掘った。

こういう会議で反論すると、じゃあ別の意見を出せって言われるのはわかっていたはずなのに……はあ、仕方ないか。

とにかく、当たり障りのないことを言って、対案は喋りながら考えよう。

「親睦を深めるのに、イベントを企画するのはありだと思う。特に俺たちは、まだお互いをまったく知らないからな」

「ええ。ですから、スタンプラリーを……」

「……少なくとも、高校生のイベントでスタンプラリーは需要がなさすぎる。あと、学校の歴史を知ったとしても、俺たち自身の親睦は深まらないだろう。大事なのは、統合したてで戸惑っている生徒たちの手本になることだ。俺たちがバラバラだったら、他の生徒たちもバラバラになるだろうし、不安に思う生徒も絶対に出てくる」

俺の言葉に、こっちの生徒会メンバーは深々と頷いた。

白峰女子生徒会からも、納得したくはないが理解はできる、といった感じの空気を感じる。

「ならばどのようにすれば親睦を深められるか、意見をどうぞ」

「親睦会と言ったら、まずは互いを知ることからだろう。例えば、生徒会室でみんなでお菓子を持ち寄って、おしゃべりするとか。初めはそんなもんでいいと思う」

「生徒会室で嗜好品はNGよ」

「お菓子がダメなら、弁当持ってきて食事会はどうだ？　飯くらいならここで食ってもいいんだろう？」

「……まあ、それくらいは許されるけど……」

来た。ここからが勝負。

「親睦会なんて、これくらいのフランクさでちょうどいいんだよ。ちゃんとしたイベントもいいけど、肩肘張らずにもっと気楽にいこうぜ」

それに、これから一緒の学校で授業とかするんだから、急がず事を進めればいいさ。

最悪、俺らの代で親睦を深める必要はない。俺らの後輩がそうなってくれたら、それでいい。

俺たちはきっかけでいいんだ。

なんて思っていると……雪宮が感情のない目で俺を見つめてきた。

ええ……ちょ、本当に怖い。人間に向けていい目じゃないでしょ、あれ。

ちょっと気まずくなり目を逸らすと、白峰女子側の生徒会メンバーの一人が、とりなすように雪宮に声をかけた。

「ですが、雪宮会長。八ツ橋会長の言うことももっともではないかと。最初からイベントではなく、少しずつ歩み寄るのもよいかと思います」

その言葉に、雪宮は口に手を当てて黙考する。

「――――」

……綺麗だ……。

ただ、考えている。

それだけで、まるでこの世界が雪宮氷花を中心にして存在しているかのような錯覚に陥った。

西日が窓から射し込み、後光のように雪宮を包み込む。映画のワンシーンと言われても信じられるくらい、今の雪宮は神々しく見える。

思わず息を呑んで雪宮を見つめていると、彼女の目が僅かに動いて俺を射貫いた。

「……わかりました。では最初の親睦会は、昼食会としてお弁当の持ち寄りをしましょう。開催日は今週の金曜日。場所はここ、生徒会室で」

雪宮の言葉を、書記がホワイトボードに書いていく。

ふーむ……今週の金曜日か。メニュー考えて、弁当作ってこなきゃな。どうせならみすぼらしいものじゃなくて、ちょっと豪華にいこう。

当日のことを考えていると、雪宮が生徒会室全体を見回した。

「他に何かありませんか？　……ないようですね。それでは本日の生徒会は終了します。お疲れ様でした」

雪宮が解散を宣言すると、場の空気は弛緩(しかん)した。

それに乗じて、黒波の生徒会メンバーはそそくさと生徒会室を後にする。とにかく、一刻も早くここを出たい。

はぁ……なんか妙に疲れた。緊張したというよりは、雪宮の視線と言葉でいろんなものがゴリゴリに削られた感じがする。

それは他のメンバーも思っていたのか、雪宮に対する愚痴をこぼしていた。

「おいおい、噂と全然違うじゃん」

「誰だよ、女神みたいって噂流したの」

「間違ってはないけど、あの性格はないわ……」

言いたいことはわかる。俺も、想像していた感じとはかなりイメージと違った。

淳也曰く、誰かが困っていたらそっと寄り添い、微笑みとともに安心感と助言を与える。まさに女神様のような女の子……だったはずなのに、なんだ、あの堅物は。氷の女神様というより視線だけで人を凍らせる氷の魔女だろう。……確かに見た目は完全無欠に可愛いけど。

だけど……本人がいないところで陰口はいただけない。雪宮を擁護するつもりじゃないけど、フォローしておいてやるか。

「雪宮は雪宮なりに、俺たちとの親睦を深めようと考えてくれたんだよ。あんま悪く言ってやるな」

「だけどよ、会長」

「だけどもねーよ。それにお前ら、女子の悪口を言ってたって噂されてみろ。……残りの高校生活、絶対に彼女できなくなるぞ」

「「雪宮生徒会長ばんざーい！」」

はっはっは。現金なクズどもめ。

みんなと一緒に校門を出ると、白峰女子高校……いや、今年度から名前が変わった、白峰高校の校舎を見上げる。

白峰の名にふさわしい、純白で高貴な印象の外観と空気感。自分がここにいるのが場違いだって、いやでもわかる。

半ばやけくそ気味に嘆息すると、ちょうど校舎のベランダに佇む、一人の女の子と目が合った。

いる女の子。

雪宮氷花。夕映えの幻想的な空の下、自然界の美しさに負けず劣らず、美の極致を体現している女の子。

春風が吹き、雪宮の髪をいたずらに撫でた。

女神という言葉が似合いすぎるほど、今の雪宮は美しい。事前にあの性格を知ってなかったら、ここで恋に落ちているところだ。危ない、危ない。

なんとなく互いに視線を逸らさない。逸らしたら負けだと思っている。なんの勝負かは知らないけど。

互いがそんなふうに、妙な見つめ合いをしていると、雪宮が生徒会室にいる誰かに呼ばれたのか、部屋の中に引っ込んでいった。

ふ、勝った。……って、何をしてるんだ。馬鹿馬鹿しい。

「会長、どしたー?」

「……いや、なんでもねーよ」

雪宮に構っている時間はない。かばんを背負いなおし、足早に家へと帰っていった。

第一話　初めての隣人

十字路でみんなと別れ、一人寂しく格安スーパーに買い出しへ。

あれこれ食材を買ってから、歩くこと二十分。閑静な住宅街に、新築と言っていいくらい真新しいアパートが建っている。

ここの二〇二号室が、俺が春からお世話になっている部屋だ。

学校が統合されることになり、どうしても俺の実家から今の学校までは登校するのに時間が掛かりすぎる。だからこうして、高校二年生にして早くも一人暮らしをすることになったのだ。

他にも、俺と同じく一人暮らしをしている奴は何人かいるみたいだ。淳也は家が厳しいから、片道一時間かけて通学してるって言ってっけ……さすがに大変そうだ。

ま、実家にいても、両親は仕事でほとんど家にいなかったから、元から一人暮らしをしてたようなもんだけど。

ただ一人暮らしをさせてほしいと頼んだ時、忙しそうにしてまったくこっちに関心を示さなかったのは、ちょっと寂しかった。

って、何ガキみたいなこと考えてんだ。寂しがるような歳でもないだろ。ったく……。

「たでーま」

誰もいないとわかっていても、挨拶は欠かさない。これはただの癖だ。

荷解きも家具の配置も、この春休み中に終わらせている。

部屋の中は俺好みのシックな色合いの家具で統一されていて、どこにいても居心地がいい。

この辺は、両親が金を出してくれた。金払いだけはいいというかなんというか。

とりあえず制服から私服に着替える。と、腹の虫が鳴った。さっさと飯を食わせろとうるさい。

「疲れても寂しくても、腹が減るのが人間か」

これが生きるってこと。面倒でも、飯は食わなきゃな。

さて、本日のメニューはこちら。

一人暮らしの味方。いくら作り置きしても問題ない最強の料理。カレーである。

具材は玉ねぎ、ジャガイモ、人参、鶏肉だけの簡単なものだが、このシンプルさがいい。むしろいいまである。

本当はスパイスの調合から自作したいところだが、まだこっちに来て間もない。準備もできてないし、今日は市販のカレールーで我慢だ。

ちなみに俺は具材ゴロゴロの田舎カレー派。具材がどろどろに溶けたシティーカレーは、性に合わんのよ。

ご飯を炊きつつカレーを作っていると、部屋にいい匂いが漂い始めた。

ん～っ、これよこれ。カレーのスパイスの香りって、めちゃめちゃ食欲をそそるな。

後はしばらく煮込んで完成だな。白米ももう少しで炊けるし、ソファでくつろいどこう。

肩の力を抜いて、スマホでＳＮＳを巡回する。

無言で、好きなイラストレーターさんのイラストにグッドを押していると……。

「――ん？」

あれ？　隣の部屋から音が聞こえる……？　こうやって物音が聞こえてくるの、初めてかも。

そういや春休みの間、お隣さんって留守だったたっけ。

挨拶してなかったたし、これを機に挨拶でもしてくるか。

えっと、菓子折りは……って、しまった。腹減って食っちまって、手土産残ってない。

うーん……仕方ない。カレーを手土産にするか。口に合うかわかんないけど、ないよりはましだろう。

ウスターソースやケチャップなどで味を調え、さらに煮込むこと二十分。ようやくカレーが完成した。

相手が家族で住んでいるのか一人暮らしなのかわからないからな。少し多めにタッパーに入れて、と。

お隣さん、どんな人だろう。ちょっと緊張する。……怖い人だったらどうしよう。

でも挨拶してないことで、今後ご近所トラブルに巻き込まれたら、それはそれで面倒だし。

ここは腹を括って。

鏡の前でちょっとだけ身なりを整えてから廊下に出ると、お隣の扉の前で立ち止まる。

二〇一号室の角部屋。表札は出ていない。

深呼吸をすること一回、二回……いざ。

ピンポーン──。

チャイムを鳴らすと、軽快な音が廊下に響いた。

扉の向こうから慌ただしげな音が聞こえてくる。

あ……しまった、今はちょうど夕飯時。突然の訪問でバタバタさせてしまったみたいだ。時間帯を考えるべきだった。

「は、はーい」

……女の人、か？　しかもかなり若いし、声が可愛い。やべ、余計緊張してきた。一人暮らし男子高校生のお隣に若い女性が住んでるって、どんなラブコメ的展開だよ。大好物です。

部屋の前で待つこと数秒。鍵が外され、ゆっくりと扉が開いた。

先手必勝。俺から挨拶するぜ。

「は、初めまして。少し前に隣に越してきた者です。ご挨拶が遅れてしまい申し訳……あり、ま……？」

「ああ、これはご丁寧にありが……と、う……？」

出てきた人物の顔を見て、思わず思考が硬直する。

廊下の白色灯の光を照り返し、美しく輝くロングヘアー。クールで冷たい印象の切れ長の目元が、大きく見開かれている。同時に、現実を受け入れがたいとでも言うように、普段は真一文字に結ばれているだろう口をぽかんと開けていた。

「……え、と……？」

「…………」

　これが初対面なら、間違いなく一目惚れしていたであろう女性は……残念ながら初対面ではなかった。しかも俺の記憶が正しければ、互いに最悪に近い印象を抱いている相手。

　ついさっきまで一緒に生徒会室で会議をしていた、絶世の美少女。

　──雪宮氷花が、そこにいた。

「ゆ、雪宮……？」

　あまりの事態に、相手の名前を呼ぶことしかできない。

「……八ツ橋、生徒会長……？」

　雪宮も信じられないのか、俺の名前を呼ぶ。

「…………」

　互いに見つめ合ったまま動かない。いや、色んな考えが頭を駆け巡って動けない。

　なんでここに雪宮が？　なんでお隣から出てきたんだ？　というか、インターホンの画面で訪問者が誰なのか確認しなかったのか？

　俺はお隣に挨拶しに来た。それなのに出てきたのは雪宮。

　待て、どういうことだこれは？

白峰女子高校は、それなりに格式のある学校だ。入試では家柄を問われることもあると聞いたことがある。だから通っている女子生徒の大多数は本物のお嬢様で、雪宮も当然その一人だと思っていた。

それなのに雪宮は今ここにいる。大豪邸でもなく、超高層マンションの最上階でもなく、俺の部屋の隣に。

「え、と……ご両親は……？」

「い、いないわ。一人暮らし、で……」

「そうか。お、俺もだ」

「そ、そう……」

……なんつー中身のない会話しているんだ。俺たちは。

だけど今の会話でなんとなくわかった。

雪宮は一人暮らし。ということは、家の事情や方針で一人暮らしを余儀なくされてるとか、そういうことだろう。知らんけど。

俺が現状の整理をし終える前に、先にフリーズ状態から回復した雪宮がいつもの冷たい視線で俺を睨みつけてきた。

やめろよ、春先なのに体が凍えるじゃないか。

「どうしてあなたがここにいるのかしら？　ストーカー？　変態？　不審者？」

「それほとんど全部同じ意味だろ。さっきも言ったが、この春に隣に越してきたんだ」

「私が住んでいるのを知っていて引っ越してきたんでしょう。いやらしい」

「ちげーわ。むしろ知ってたら引っ越してきてないから」

今日、学校であんな冷たい態度をとられたばかりなのに、私生活でも冷たくされたいとかどんなマゾだ。

俺は決してマゾじゃない。ちょっとゾクゾクしたけど、これはマゾ的なあれじゃなくて冷たい視線による寒気だから。……ウソジャナイヨ。

そっと嘆息すると、手に持っていたカレーが少し冷めてることに気づいた。なんだかんだ、結構な時間固まっていたみたいだ。

「つーわけで、これからはお隣さんってことになるらしい。ま、学校も一緒で、家も隣なんだ。隣人同士助け合って、仲良くしようぜ」

もちろん、社交辞令である。できることなら関わりたくないし、穏便に、平和に、何事もなく生活したいというのが本音だ。

でもそれを言うと、俺らの関係に角が立つ。ただでさえナイフのように尖(とが)りきっているのに、さらに剣山のように刺々(とげとげ)しい関係になってしまうだろう。学校でも私生活でもそんな生活を続けていたら、いつか胃に穴が開きそうだ。

だから表面上だけでも、友好の意を示す。これ重要。俺大人。

「……気持ち悪いわね。下心でもあるんじゃないの？」

……このアマ。

いや、落ち着け。ここで俺が怒りだしたら、それこそダメだ。とにかくここは俺が大人の対応を見せよう。

「何もない。ただの本心だ」

「どうだか」

信じろよ、そこは。……あ、でも逆の立場だったら、俺も信じられてないかも。うん、これは雪宮が正しいような気がする。

「こほん。ところで……」

「ん？　どうした？」

雪宮がちらちらと俺の手元を見ている。どうやら、タッパーに入っているものが気になるらしい。

「ああ、これか。挨拶の手土産がなかったもんでな。ちょうど夕飯用に作ってたカレーを持ってきたんだが……好きか？」

「カレー……」

雪宮の視線がタッパーに釘付けになっている。――直後、変な音が廊下に響いた。

地鳴りというか、地響きというか……ぐるるるる～、って感じの音。

まさかとは思うが、雪宮の腹から聞こえてきたものか……？　素知らぬ顔をしてるけど……聞き間違いか？

「は、腹空いてんのか？」

「空いてないわ」

「でも今の……」

「空いてないわ」

「………」

「空いてないわ」

　何も言ってねーよ。

　試しにタッパーを上に掲げると、雪宮も釣られて視線を上げる。

　左右に揺らすと同じように体を揺らし、決してタッパーから目を離さない。餌を待ってる猫みたい。ちょっと可愛いとか思っちゃったじゃねーか。

　その間も、雪宮の腹はずっと鳴っている。学校帰りで腹を空かせているにしては、尋常じゃない腹の虫の鳴きようだ。

「ぷっ、やっぱ空いてんだろ」

「空いてないって言っているでしょう。見くびらないで」

　だったら少しでも視線を外してから言ってみろや。どんだけ負けず嫌いなんだよ、こいつ。

　雪宮の強情さに呆れてため息をつく。と……不意に、部屋の中の様子が目に入った。……入ってしまった。

「……は？」

　え……え、は？　これは……見間違い、か？

思わず雪宮から視線を外し、その背後の室内を凝視してしまった。

廊下に堆積しているかなりの量の洗濯物。袋に大量に詰められている空のカップ麺の容器やコンビニ弁当のトレー。買い置きしているのか、段ボールに入ったままの水のペットボトル。シンクの中には、いつから溜まっているのかわからない大量の食器類が水に浸けられている。

廊下の奥に見えるリビングも、廊下と似たような現状だ。いや、惨状と言っていい。はっきり言って、超汚い。

本来、インターホンの映像を確認する画面の前にも、大量のごみが積み重なっていて近付けそうになかった。だから俺が来た時、誰が訪ねてきたのか確認できなかったのか。

こいつ、こんな部屋で生活してるのか……？

お嬢様だから料理できないとか、掃除できないとかはなんとなく想像できるけど、これは想像を絶する汚さだ。

「……？　八ツ橋生徒会長、何を見て……あ」

雪宮は、俺に部屋の中を見られていることにようやく気づいたのか、顔を真っ赤にして後ろ手に扉を閉めた。

「……見た？」

「見てない、って言ったら満足か」

俺から向けられる遠慮のないジト目に、雪宮はそっと視線を逸らした。

部屋の惨状は自分のせいだと理解はしているらしい。ただ、勝手に見られたのが気に入らないのか、ムスッとした顔は崩さない。

まったく……仕方ないな。

「雪宮、ここで待ってろ」

「え？」

「いいから、待ってろよ」

「え……ええ」

困惑している雪宮を残して急いで部屋に戻ると、余っているタッパーに炊きたての米を入れて廊下に戻った。

「ほら、これ。米も持ってきた。これと一緒に食え」

「……どういうつもり？」

「どうもこうも、あんな部屋だと満足に米も炊いてないだろ」

扉の向こうの惨状を考えると、まともに生活できているとは思えない。てか、こんな生活をしてる奴が、米を炊けるとは思えない。カレーだけだと寂しいし、さすがにな。

雪宮はカレーとライスのタッパーに釘付けだ。心なしか、目がキラキラと輝いているように見える。

「……ほ、施しは受けないわよ」

「とか言いつつ視線外せてないぞ。いいから受け取れ」

ぐいっとカレーとライスの入ったタッパーを押し付けると、雪宮は喉を鳴らして唾を飲み込んだ。思いの外わかりやすい性格してるな、雪宮って。

「カレーは中辛だ。あまり辛くないよう調整はしてるつもりだ。タッパーは今度洗って返して……いや洗わなくていいわ。そのまま返してくれ」

あのシンク、どんだけ前から洗ってないんだってレベルだ。あんなところで洗われたら菌がつきそうで怖い。

が、雪宮は別の意味に捉えたらしく、引いた顔で俺を睨んできた。

「……そういうことね」

「何が」

「私の食べカスを舐めようって魂胆でしょう。この変態」

「どつきまわしたろか？」

女だからって俺が何もできないと思うなよ。俺は男女平等主義だ。やると言ったらやるぞ。

「冗談よ」

「お前の顔は本気と冗談の判別がつかないんだよ」

あ、でも今ちょっとドヤってるな。なんだよ、ドヤ顔可愛いじゃねーか。

なんとなく気まずくなって頬を掻くと、雪宮は大事そうにタッパーを抱えた。

雪の下から芽吹くような、無垢な微笑みを見せる雪宮。噂通りの、見る者すべてを恋に落とす艶やかな笑顔に、喉の奥が締まった。

これが雪宮の素の笑顔なんだと、直感した。

「ありがとう、八ツ橋生徒会長。美味しくいただくわ」

「あ、ああ。そうしてくれると、俺も嬉しい」

……思えば、誰かに自分の料理を食べてもらえるのはいつぶりだろうか。

両親は忙しくて基本家にいなかったから、少なくともここ数年はなかったと思うけど……ちょ、ちょっと緊張するな。

「タッパーはさすがに洗って返すわ。そこまで礼儀知らずじゃないわ」

「でもお前、皿とか洗えないだろ」

「………………洗えるわ」

今の間はなんだ。今の間は。

まあ、ちゃんと返してくれるなら、洗っていても洗ってなくてもどっちでもいいか。

「それじゃあ、帰る」

「ええ。……それじゃあ、おやすみなさい」

「ああ。おやすみ」

雪宮への引っ越しの挨拶を終え、俺も自分の部屋に戻ってきた。

…………。

「はぁ～……っ、疲れた……」

精神的な疲労のせいで、一気にだるさが……。

まさか、雪宮氷花の隣に引っ越してくるなんて思わなかった。これが初対面だったらラッキーとか思えるけど、残念ながらそんな気持ちは微塵も湧かない。

まあ、日常生活で関わることはほぼないだろう。俺も関わるつもりはないし、あいつだって俺と関わりたくなんて──

ピンポンピンポンピンポンポンピンポンポンピポピポピポピピピピピピピピピピピピピンポーン！

「うるっさ」

え、何？　いきなり近隣トラブル？

念のためインターホンの画面から外を確認する。と……顔を青ざめさせた雪宮が立っていた。

な、なんだ？　いったいどうした？

あの雪宮がこんな顔をするなんて、何があった？

慌てて玄関を出ると、小さく縮こまって震えている雪宮がいた。

怯えている……まさか部屋に不審者とか……!?

「ゆ、雪宮、どうしたっ？　大丈夫か？」

「…………」

無言で首を横に振る雪宮。ど、どうしたんだよ、本当に……？

昼間とのギャップに困惑していると、雪宮が俺の服を摑んで自分の部屋の前まで引っ張っていった。

ジェスチャーで開けろと指示してくる。

さっきは見られたくなさそうだったのに……もし本当に不審者だったら、俺より警察だろう。

俺、マジで一般男子高校生なんだけど。

念のため、何がいてもいいように扉は全開にせず、狭い隙間から中を覗く。

……特に何もない。LEDに照らされた汚部屋が広がっているだけだ。

もしやリビングにいる……？　だったらこれ以上は俺じゃあ……。

そう考えていると……ガサガサガサ。手前のごみ袋が揺れ……何かが飛び出してきた。

出てきたのは、それなりに大きな三つの影。

それが廊下の真ん中で止まったことで、その正体が明らかとなり……体と思考が硬直した。

カサコソと音を立てて動く黒いそれは、俺らに生理的嫌悪感を与えてくる。黒い光沢も、フォルムも、音も、動きも。すべてに虫酸が走る。近付くことすらおぞましいそいつが、音を立てて再びごみの中に戻っていった。

そう――ＧＯＫＩＢＵＲＩである。

「～～～～ッ!?!?!?」

「ちょっ、雪宮押すんじゃねぇ……！」

部屋の主である雪宮が、声にならない悲鳴を上げて俺の後ろに隠れた。

よほど嫌いなんだろう。涙目でがたがたと震えていて、俺を前へ前へと押し出す。

って、むりむりむりむりむりむりむりッ。俺も得意じゃないというか、虫系の中では一番苦手な部類なんだよ！

「おいコラ雪宮、お前が家主だろ！　お前がなんとかしろよ！」

「ムリデス。ナントカシテクダサイ」

「急なカタコト!?」

気持ちはわかるけど俺に押し付けようとすんな!?

生唾を飲み込み、扉を閉めて逃げようと足を引いて……気づいた。

待てよ？　この汚部屋の隣は、俺の部屋だ。

この部屋をこのまま放置したら、なんかの拍子にあの悪魔たちが俺の部屋にやってくるんじゃ……？　というか、もう既に侵入されている可能性も……？

俺は割と綺麗好きだし、部屋の家具の配置も結構考えに考え抜いたものだ。

もしそんなことがあったら……。

ゾッ――。

「さ、さすがに掃除したらどうだ。これじゃあ生活するのに困るだろ」

「そ、そうだけど、掃除の仕方とかわからないの。あと、ごみもいつ捨てていいかわかんないのよ」

マジかっ、よくそんなんで一人暮らしやってこられたな!?

ぐっ、くっ……うぅ……！　っ、はぁ……仕方ない、俺も覚悟を決めるか。

「雪宮、掃除用具は？」

「い、一応あるけど、どこにあるかわからないわ」

「知ってた」

こんな汚部屋なんだし、どこに何があるかわかったもんじゃない。

急いで自分の部屋に戻ると、ごみ袋や洗剤などのもろもろの掃除用具を持って、雪宮の部屋に向かった。

エプロン、ゴム手袋、三角巾、マスク、ゴーグル。

どんな菌や害虫がいてもいいように、フル装備だ。

「悪いな雪宮。俺の平和な生活のため、無理やりにでも掃除させてもらう」

「ま、待って。八ツ橋生徒会長、私の部屋に入るつもり？」

「あいつが俺の部屋に勢力を広げる前に、元凶を叩く。俺の部屋で奴を見たくない。もう遅いかもしれないけど」

冗談半分で責めるような視線を向けると、雪宮はまた顔を逸らした。

「そ、それはそうだけど……」

「俺が部屋に入るのは嫌だと思うが、そこは我慢してくれ」

これが整理整頓された女子のお部屋なら、俺だって遠慮するし、緊張もする。

だがここは、お部屋はお部屋でも汚部屋だ。遠慮もクソもない。むしろ靴すら脱ぎたくないんだ。

それに部屋が綺麗になれば、こいつも少しは俺に感謝するだろう。多分。

あと今は春先だからまだいいが、これが夏になったら臭(にお)いで大惨事になる。

それはマジで避けたい。臭いが酷(ひど)いだけで気分が落ち込むからな。

「雪宮は外で待つか、俺の部屋で良ければカレー食って待っててくれ。綺麗にしてあるから、好きにくつろいでくれてていい」

「それは部屋が汚い私に対する当てつけ？」

「ちゃうわい」

「冗談よ」

だからお前の冗談はわかりづらいんだよ。

って、いつまでも廊下で話し込んでるわけにもいかないか。早く終わらせないと、さらに雪宮を待たせてしまう。

靴を脱いでいざ部屋に乗り込もうとすると……ぐいっ。服を後ろから引っ張られた。

他でもない、雪宮に。

「雪宮、入られるのは嫌だと思うけど……」

「ち、違うわよ。……私もやる」

「……え？」

思わず振り返ると、雪宮は恥ずかしそうに顔を背（そむ）けた。

「わ、私が汚した部屋だし、あなたばかりに任せるわけにはいかないわ。あと……ふ、服とか、あるし……」

「あ……そ、そうだな。そうしてくれると助かる」

よく考えると、脱いだ服があるってことは当然脱いだ下着もあるわけで……この様子だと、洗っていたとしても畳んではなさそうだし。それを男の俺に触られるのは嫌だろう。俺が逆の立場でも嫌だ。

「それじゃあ俺はごみを集めるから、雪宮は見られたくないものを頼む」

「ええ」

俺が渡したマスクを付け、雪宮が部屋のあちこちに散らばっている服を集めているのを横目に、ゴキブリの襲撃にビクビクしながら、手当たり次第にごみを詰めていった。

どんだけ捨ててなかったんだろう。袋が一つ、また一つと満杯になっていく。

いや多すぎな？　おいこら、これじゃゴキブリも湧くわ。

だけど私物は少ないのか、ほとんど弁当やカップ麺のごみばかり。何かが入ってた箱や段ボールは、思いの外少ない。

確か明日がプラスチックごみの回収日だ。これなら、すぐに綺麗になるな。

必要最低限の分別をし、廊下のごみはあらかた撤去。

そのままリビングに入ると、中もまあまあ酷い状態だった。

部屋の隅では、洗濯した服をちまちま畳んでいる雪宮がいる。

狭くて動きづらそうだ。自業自得だけど。

「お前、よくこんな部屋に住んでいられるな」

俺だったら三日でどうにかなりそうだ。

「勉強机の周りとベッドだけあれば、生活に困らないわ。必要な栄養。必要な学習環境。必要な睡眠。それだけでいいの」

「その結果がゴキブリだけどな」

「…………」

無視すんなコラ。

部屋の構造は角部屋であること以外、俺の部屋と同じだ。同じアパートで隣同士なんだから、当たり前と言ったら当たり前だけど。

でも部屋が汚いだけで、だいぶ狭く感じる。ごみがあるだけでこんなに違うのか……俺の部屋、ちゃんと綺麗さを維持しよう。

手前のごみから袋に詰めていき、まずは寝室の方に向かう。

部屋の間取りは、リビングと寝室が扉で分かれている２ＤＫだ。かなり広くて使い勝手もいい上に、学生割で結構安い家賃で住まわせてもらっている。

リビングから寝室に入ると、まあ中も結構な汚さだ。

さっきこいつ、必要な睡眠とか言ってたけど、どの口がぬかしてんだ。

「お前、これ……」

「な、何よ。いいじゃない、眠れるんだから」

「そういう問題じゃねーよ」

こんな部屋で質のいい睡眠が取れるとは思えない。間違いなく病気になりそう。

でも雪宮の言う通り、ベッド周りと机周りは比較的ごみが少ない。

綺麗とは言えないけど、まあ生活できる範囲だ。

「にしても……」

さ、さすがに女の匂いというか、スメルというか……濃密かつ濃厚な匂いがする。雪宮は基本ここで生活しているからか、濃い匂いが染みついている感じがする。

それでも、ごみの嫌な臭いは隠せてないけど。

とりあえずベッドに関しては干せないから消臭剤を撒くとして……掛け布団は干して、シーツは洗濯だな。

これは雪宮に任せよう。さすがにそれくらいは……いや、無理か。こういうところも、やり方を教えないとなぁ。

ベッドの周りは、脱ぎ散らかしているのかどちらかと言うと服が多い。

学校では完全無欠っぽいのに、自分の部屋だとこんな感じなのか……てかこいつ、どんだけ服持ってるんだよ。いらないだろう、こんなに。

明らかにゴミであるレジ袋やお菓子のパッケージをごみ袋に詰めていく。

雪宮もこう言うの食べるんだな。なんか意外……ん？

ふと、手に今までにない、ふんわりしたものが触れた。黒い布？　小さいし柔らかい。ハンカチにしては生地が薄いし……なんだ？

ごみだとは思うけど、一応雪宮に渡しておくか。これだけここに置いといても仕方ないし。

「おい雪宮、これベッドの隙間に落ちてたぞ」

「何？」

「ほれ」

手に持っていたそれを雪宮に渡す。

雪宮もわかってないみたいで布を広げると……黒色の三角がこんにちはした。

レースと小さなリボンのついた、透けていてちょっとセクシーな三角である。

はい、おぱんつ様です。

しかも雪宮の。

「………………」

「…………………」

気まずい。気まずすぎる。

突然のことに固まる俺と雪宮。

ごめんなさい、こういう時どうリアクション取るのが正解なんですか。答えてくれ有識者ニキネキ。

呆然とする俺と雪宮が互いに顔を見合わせ……雪宮の顔が一瞬で真っ赤になった。

「あ、うっ……!?」

「え、と……」

俺の顔も熱い。これでもかってぐらい熱くなっている。多分、雪宮に負けず劣らず赤くなってるだろう。だって、こんな……同級生の、しかも美少女のセクシーな黒おぱんつって……！

「なっ、なっ……！」

げぇっ、今にもビンタが来そうな予感……！

これでビンタは理不尽だろッ。

顔面をぶっ叩かれるのは本当に勘弁してほしい。マゾじゃないからマジで泣く。

こんな時、俺にできること。それは。

「この度は誠に申し訳ありませんでした」

誠心誠意、謝罪である。

いやなんで俺が謝ってんだろう。謎だ。

厳密に言えばこれを放置していた雪宮が悪い。

そもそも脱ぎ散らかすなという話だが、それでもこういう時に謝罪をするのが男だ。知らんけど。

さすがに平謝りされるとは思ってなかったのか、雪宮は振り上げた手のやり場を失くしたみたいに口をもにょもにょさせた。

「……い、いいわよ、謝罪しなくて。これに関しては私が悪いから」

イエスッ、生き延びた……！

助かった。ここで関係が拗れたら、親睦どころじゃなかった。

雪宮は下着を後ろに隠すと、そっとため息をついた。

「早く終わらせてしまいましょう。お腹空いたわ」

「だから、俺の部屋でカレー食っててていいって言ったろ。服には触らないようにするから、俺の部屋でくつろいでろよ」

「どうだか。そう言って盗むつもりでしょ」

「俺をどんな性犯罪者だと思ってんだ」

「冗談よ」

だからお前の冗談は（略）。


そこからはお互いに無言でごみや服を片付け、二時間後にはリビングと寝室は見違えるほど綺麗になった。

ごみに関しては、一旦外の廊下に出してある。

あれだけの量のごみ、部屋の中に置いていても邪魔だからな。

至る所にゴキブリ駆除用のグッズを置き、あとは掃除機と雑巾掛けで、大体終了だ。

というか……ごみをまとめたら、本当に何もないな、この部屋。ベッドと机の他には必要最低限のテーブルや棚があるだけで、小物類はほとんどない。雪宮がミニマリストだと言われても信じられるくらい、何もなかった。

だけど雪宮は特に何も思っていないらしく、綺麗になったリビングを目を輝かせて見渡していた。

「おおっ……フローリングがちゃんと見えるわ」

「むしろ今までがおかしかったんだけどな……これからは、ちゃんとごみ捨てするんだぞ」

「わ、わかっているわ。ちゃんとやるわよ。……できるだけ」

おい、今ぼそっとなんて言った？

これ、定期的に確認に来ないとダメなような気がしてきた。またごみだらけになってゴキブリの温床になるとか洒落にならん。

「はぁ……じゃ、掃除の合間に洗濯機回すか。やり方教えてやるよ。どうせ、洗濯機の回し方も適当なんだろ」

「…………」

「……雪宮？」

「あ、うん。はい」

……やけに素直だな。なんか気味が悪い。

キッチン横にある洗濯機に向かい、あれこれと指示を出しながら洗濯機に服を入れていく。

俺に触られたくないだろうから、完全に指示厨とラジコンになっていた。

「洗濯用洗剤と柔軟剤は、この投入口に入れるんだ。あとは自動的にやってくれるから、少なくなったら補充すること。いいか？」

「…………」

「……雪宮、いいか？」

「……え？　あ、ええ。わかったわ」

……？　なんか、さっきから様子がおかしいような気がする。

言葉に覇気がないというか、元気がないというか……あ、まさか、さっき下着を見られたことを気にしているのか？

……いや、ないな。雪宮はそんなタイプじゃないと思う。

じゃあ一体何を気にしているのか……わからん。

「どうした。気になることでもあるか？」

「あ、いや、その……なんだか、すごく手馴れているなと思って」

「お前が知らなすぎるだけだろう」

「私はいいのよ。実家では、身の回りのことは基本的に家政婦さんがやってくれていたから。でも八ツ橋生徒会長は違うでしょう？」

「まあ、我が家は家政婦がいるような金持ちではないが」

てか雪宮の家、家政婦がいるくらい金持ちなのか。すごいな、それ。

「別に、大した理由じゃない。ただ両親が共働きなだけの、普通の家庭だ。幼稚園の頃から家のことの大半はしてたから、まあ慣れみたいなもんだよ」

「ようち……!?」

予想外だったのか、雪宮は目を見張った。俺からしたら当たり前のことすぎて、特に何も感じない。だけどこの話をすると、大抵驚かれるんだよな。

「両親とも朝は早いし、夜も遅かったからな。生きるために覚えたんだ。ま、それだけだよ。

だからお前より全然家事全般はできるぞ」

「私を比較対象に選ばないでよ」

ごもっともで。

さて、洗濯機を回している間、掃除の仕上げといくか。

家から持ってきたコードレス掃除機で、家の中のごみを吸っていく。本当にすげー吸えるな。どんだけ溜まってたんだ。こんなの病気になるし、下手したらアレルギーになるだろう。

部屋の隅々まで満遍なく掃除機をかけていると、俺の後ろからついてきていた雪宮が、気まずそうに声をかけてきた。

「……八ツ橋生徒会長、さっきはごめんなさい」

「え、何が?」

「その……知らなかったとはいえ、家庭のことに踏み込んでしまって」

え、そんなこと気にしてたの、こいつ？　律儀というか、生真面目というか。

「だから気にすんなって。気にしいだな、お前」

「誰だって気にするでしょう、あんなふうに、自分の家庭の事情に土足で踏み込まれたら。……私だって、自分の家のことを詮索されたら、嫌だもの」

そんなもんかね。共働きで小さい頃から家事をしてるって、割と普通な気もする。俺の場合は、それが少し早かっただけだ。

ただまあ……こいつの言葉の裏を考えると、雪宮は家庭の事情に踏み込まれたくないらしい。

だからこんなに気にしてるんだな。

「んじゃあ、その謝罪は受け取っとく。でも本当に気にしないでくれな」

「そうしてちょうだい」

……可愛げのない女。いや見た目は可愛いけどさ。

その後、雪宮と手分けをして雑巾掛けやシンクの洗い物をしていくこと一時間。

ようやく部屋の中が綺麗になり、人の住める空間になった。

久々にこんな手応えのある掃除をしたな。実家にいた時、半年間放置していたレンジ周りの油汚れを彷彿とさせる汚さだったぜ。

雪宮も感動しているのか、初めて内見に来たような顔で家の中を見渡していた。

「たった三時間で、こんなに綺麗になるだなんて……」

「本当はもう少しやりたいけど、夜も遅いからな。洗濯物は自動乾燥させてるから、半乾きみたいなら干すこと。あとでちゃんと畳めよ」

「わ、わかっているわ。……ありがとう」

「お隣同士だからな。助け合うのは当たり前だ」

これくらいでお小言をもらうことなく平和な生活ができるんだったら、むしろ喜んでやるわ。学校内だけでもご免なのに、私生活でまでぐちぐち言われたくないし。我ながら本音と建て前をうまく使い分けられている気がする。

時刻は既に二十二時を回っている。さすがに腹が減ってぶっ倒れそうだ。飲まず食わず、休憩も挟まずに掃除してたからな。

雪宮も同じ思いなのか、腹から特大の音が鳴り響いた。

雪宮の方を見ると、ほぼ同時に顔を逸らされた。

「……私じゃないわ」

「いや、無理がある」

「ぐっ……」

さすがに言い逃れはできないと思ったのか、雪宮は顔を赤くして俺を睨んできた。理由が理由だから、大して怖くない。むしろ、ちょっと微笑ましいとさえ思ってしまった。

「な、何よ。仕方ないでしょ。ご飯食べてないし、お腹が空いたら鳴るのは生理現象よ」

「別に責めてないって。……待ってろ。今、カレーを温めなおしてくるから」

「カレー……！　……あ、こほん」

反射的に反応した雪宮だったが、すぐに咳払いをして誤魔化した。いや、全然誤魔化しきれてないからな？「あ」とか言っちゃってるし。

ま、空腹のお嬢様がここまで期待してくれてるんだ。早く温めなおしてやらないとな。

自分の部屋に戻り、カレーとライスを温めなおす。ライスに関しては申し訳ないが、電子レンジで温めなおしだ。

じゅうぶんに温めなおしたカレーをタッパーに詰め、雪宮のところに持っていく。

相当我慢していたのか、視線は「待て」をされている犬のようにカレーに釘付けだ。

「一応、明日の朝の分もある。食う時は電子レンジで温めなおして食べてくれ。どうせ雪宮、火とか使えないだろうし」

「つ、使えるわよ」

「焦がしたら悲しいことになるぞ」

「……電子レンジ使います」

「よろしい」

最初から素直にそう言えばいいものを。

雪宮は何か懸念でもあるのか、「そういえば」と続けた。

「八ツ橋生徒会長。このこと、誰にも言わないでちょうだい」

「このこと？　ああ、隣に住んでることか？　もちろんだ。俺だって下手に騒がれたくないからな」

特にうちの野郎ども。白峰女子きっての超絶美少女（見た目だけ）と隣人なんて知られた日には、命を狙われてもおかしくない。いやだ、まだ生きていたい。できればひ孫にまで囲まれて死にたい。

「それもそうだけど……部屋のことよ」

……部屋のこと？

雪宮は指をモジモジさせ、恥ずかしそうに俺を上目遣いで見てきた。

「わ、私、何でもできるって学校で言われているのよ。完璧だとか、完全無欠とか、隙がないとか……」

あー……確かにまだ黒波にいた頃から、雪宮は完璧美少女って噂が流れてたな。蓋を開けてみれば、完璧とは程遠い美少女だったわけだけど。

「素直に、できないって言えばいいじゃん」

「最初はそう言っていたの。でも何故か、『天狗になってない』とか『奥ゆかしい』とか『向上心の塊』とか『令嬢の鑑』とか言われて……」

「否定すればするだけ、周りが持ち上げる、と？」

俺の言葉に、雪宮はこくりと頷いた。

なんとも……可哀想だな、それは。

「事情はわかった。別に誰かに言いふらしたりなんかしないから、安心しろ」

「ほ、本当？　嘘ついたら抉るわよ」

「何を!?」

「冗談よ」

だからお前の冗談はわかりづらいんだよ！

はぁ……あ、そうだ。

「なあ、その八ツ橋生徒会長ってやめてくれないか？」

「どうして？　本当のことじゃない」

「確かにそうだけど、あんまり私生活で呼ばれたくないんだよ。普通にくん付けとかさん付けとか。なんなら呼び捨てでもいい」

「……そう、ね。なら、これから家では八ツ橋くんと呼ばせてもらうわ」

「そうしてくれると助かる」

さっきから結構むず痒かったんだよ、八ツ橋生徒会長って。

雪宮は嬉しそうにカレーとライスの入ったタッパーを受け取ると、待ちきれないのかウキウキと部屋に入ろうとし……ピタッ。止まった。

なんだ、どうした？

首を傾げていると、何かを思い出したかのように振り返った。

「どうした？」

「えっと……今日は、その……いろいろありがとう。これからよろしく。……おやすみなさい、八ツ橋くん」

「……ああ、よろしく。おやすみ、雪宮」

扉が閉まったのを確認し、そっと息を吐く。

……おやすみ……おやすみ、か。一体どれくらいぶりだろうな、おやすみなんて口にしたのは。少なくとも実家では数えるくらいしか言った記憶がない。

挨拶ってのはいいもんだな。間接的にだけど、お前は世界で一人じゃないって言われているような感じがする。

ちょっと上機嫌で自分の部屋に戻る。俺もカレー食って、風呂入って寝よう。

さっきまで二人でいたから、ちょっと静かだなぁ。なんか少し寂し…………ん？　二人で？　誰と誰が？

……俺と雪宮が、だ。

そう。汚部屋の掃除とはいえ、女神のような絶世の美少女と同じ部屋に……。

直後、頭が沸騰した感覚に陥（おちい）った。顔が赤く……いや、熱くなっているのがわかる。

「あ……え、うわっ……」

うわ、マジじゃん……冷静に考えてみると俺、雪宮の部屋で、雪宮と一緒にいたんだよ。汚部屋の掃除ばかりに気を取られていて、意識してなかったけど……今更ながら、めっちゃ意識してきた。

待って待って待って。え、ちょ、本当に待って。

去年まで男子しかいない環境で、男子に囲まれて生活していた。正直なことを言うと俺は童貞だし、男ばかりでむさ苦しいことこの上なかったが、気軽で過ごしやすい環境だった。

そんな俺が、勢いとはいえさっきまで女子の部屋でその女子と一緒に、て……。

「うぉおおおおおお……ぅわぁあぁあぁあぁぁ……！」

やべ、脳が煮えそう！　このカレーのように！

……何言ってんだ、というツッコミはなしで。

お、お、お、おちちゅ、落ち着け俺。もう過ぎたことだ。過ぎたことをとやかく考えても仕方ないだろうッ！

そうだ、飯。飯を食おう。飯食って寝たら、全部忘れる！　……いや無理があるか。でも現実逃避しよう。うん、そうしよう。

皿にライスと温めなおしたカレーをよそい、リビングへ向かう。と……雪宮の部屋から、声が聞こえてきた。

意外と薄いんだな、ここの壁。いや、防音はしているはずだから、よほど大きな声で何かを話してるんだろう。くぐもって聞こえるけど……なんか、ちょっといけないことをしてる気分。

聞き耳を立てちゃいけないとわかっていながらも、ムクムクと膨れ上がる好奇心には逆らえず、なんとなく、じっと壁の方を向いた。

「～～～～♪　～～♪」

……歌、か？　耳にしたことがないリズムだけど……まさか、雪宮の思いつきの詩だったりして。

それにしても、すげー綺麗な歌声だ。歌手と言われても信じられるくらい、上手い。上手すぎる。思わず聞き惚れてしまうほどに。

ちょっとだけ。もうちょっとだけ聞かせてほしい。

目を閉じて歌に集中する。

まるで劇場のコンサートみたいだ。

そして、歌詞のパートに入ると――

「カーレェー、カーレェー♪　カーレェーはかーらいーよカーレーエー♪　ラーイスととーもだーち♪　らーんらーんらーん♪」

「ぶふぉ!?」

――変な歌詞に、咳き込んだ。

ちょ、おまっ、なんつー歌を歌ってんだ。空気が変な場所、は、入ったわ……！

思わぬオリジナルソング（カレーの歌・作詞作曲　雪宮氷花）に噎せていると、歌が止んだ。どうやら俺の咳き込む音が雪宮の方にも聞こえてしまったらしい。やばい、盗み聞いてたのがバレたら、また変態扱いされる。

根性でなんとか咳を抑えると、しばらくしてまた雪宮は歌いだした。

いや、どんだけテンション上がってるんだ。聞いてるこっちが恥ずかしいわ。

「おにくっさん♪　にんじんさん♪　じゃーがいーもさん♪　たーまねーぎさん♪　ぐっつぐっつにっこんっでふんふんふーん♪」

あああああああああああああああああ恥ずかしい恥ずかしい恥ずかしい恥ずかしい恥ずかしい恥ずかしい恥ずかしいいいいいいいいい!!!!

やめて、本当にやめて！

でも俺からやめてって言うと、聞いてたことがバレてしまう！

お願い、気づいて！　俺の咳が聞こえてたなら、自分の声も俺に聞こえてるってわかるだろ!?　どんだけ周りが見えてないんだ！

こ、これ以上聞いてたら、俺の方がおかしくなる。精神衛生上、無視するに限る。

壁から離れてソファに座ると、手を合わせて。

「いただきます」

「いただきまーす♪」

と、雪宮の方からも挨拶が聞こえてきた。偶然だけど、同じタイミングで食べ始めるらしい。

無視すると言った手前、反応を窺うのはためらわれるが……はたして、雪宮の口に合うか？

今回は市販のカレールーに、ソースやケチャップで味を調整しただけのカレーだけど。どんな感想を抱くだろうか。

若干の緊張を感じ、思わず背筋を伸ばすと……。

「……おいしい……」

微かにだが、そんな言葉が聞こえてきた。

ほっ……。よかった。雪宮の口に合ったみたいだ。

緊張が解け、俺も自分のカレーに手を付ける。

確かに美味い。だけどやっぱり自分でスパイスから作った方が美味いな。今の生活が落ち着いたら、ちゃんとしたものを作ろう。その時は、改めて雪宮にも食ってもらうか。香辛料の匂い、嫌いじゃないといいけど。

「すご。え、美味しい。すごく美味しい。八ツ橋くんすごい。……絶対、本人には言ってあげないけど」

なんでだよ。言えよ、それくらい。あと聞こえてるから、そんなツンデレ発言しなくてもいいぞ。

ちょっと照れくさくなって頰を掻いていると、胸の奥に温かい何かを感じた。

誰かに美味しいって言ってもらえるの、いつぶりだろう。両親か？　それとも、淳也だっけ？

なんかくすぐったい。恥ずかしいとは違う。

……嬉しい、のかも。

挨拶とか、感想とか、ちょっとしたことで言い合うとか……なんか、すごく新鮮だ。

もちろん学校って場においては日常的にある。淳也がいるし、生徒会の仲間もいる。

だけどそれが私生活でってなると、今まで俺の人生から抜け落ちてきたと言っていいほど、少ない。

誰かと同じ時を共有する喜び。

そんなことを感じつつ、カレーを口に運んだ。

あぁ……眠い。まったく寝付けなかった。

理由は言わずもがな、雪宮のせいだ。あんな可愛い子と部屋が隣同士で、結構夜遅くまで一緒にいたんだ。壁の向こうを意識するなという方が無理だろう。まあ、性格はアレだが。

……笑顔は可愛かったな……って、何を言ってるんだ、俺は。気をしっかり持て。

時刻は八時前。そろそろアパートを出ないと遅刻する。

最後にもう一度髪の毛を確認し、ローファーを履いて外に出る。

朝の柔らかな陽光が眩しくて、目を細める。あ、やば。あくびが……。

「「ふあぁ～～～～……あ？」」

今、あくびがダブって聞こえたような。

扉越しに、左隣を見る。と……ちょうど同じタイミングで出てきていたのか、雪宮があくびをして口を開けたまま硬直していた。

き……気まずい。非常に気まずい。とりあえず見なかった振りして部屋に……。

「見たわね」

「……見てません」

「嘘つきなさい」

ちくしょう。せっかく見て見ぬ振りをしてやってんのに、絡んでくるな。

観念して外に出ると、さっきのあくび顔（間抜け面）はどこへやら。澄ました表情で自身の髪を払い、睨みつけてきた。若干顔が赤いから、まったく怖くない。

「おはよう、八ツ橋くん」

「……おはよう、雪宮」

こんな時でも挨拶するなんて、律儀だな。

「八ツ橋くん。今見たことは忘れなさい。でないと闇討ちして記憶を飛ばさないといけなくなるわ」

「サラッと闇討ち宣言やめろ。言われなくても、誰にも話さないって」

そもそも、引っ越し先のお隣が雪宮（女神様）だって知られたら、野郎どもに目の敵（かたき）にされる。こういう時だけ無駄に結束力あるからな、あいつら。

「そう、ならいいわ。……それと改めて釘を刺しておくけど、昨日のことも誰にも言わないように」

目を伏せて、視線を合わせないようにそう念を押す雪宮。少し顔に必死さが見えるのは、気のせいだろうか。

完璧な自分のイメージを崩したくないのか、誰にも知られたくないのか……なんにせよ、誰にも触れられたくない一面らしい。

なんだ、雪宮にもあるんだな、こういう弱い一面ってのが。一気に親近感が湧いた。

少しいたずら心が湧き、ちょっと誇張して昨日のことを口にする。

「ああ。料理洗濯掃除が壊滅的で、部屋がゴミ箱と化してたってことか」

「オブラートに包んで言ったのに、わざわざ剥がして言うんじゃないわよ」

「す、すまん」

謝るから、その人を射殺しそうな目で睨みつけないで。怖い。

「それに関しても安心しろよ。どうせ言ったところで、俺の言うことなんて誰も信じないだろうからさ」

「あら、信用がないのね」

「どう考えても俺の言葉より、完璧と思われてる雪宮のイメージの方が説得力あるからな」

悲しいけど、これが現実だ。ぐすん。

「そ、そう……えっと……い、いいことあるわよ。……多分……？」

「下手な同情はやめてくれ」

余計悲しくなるから。心抉られるから。

朝から意気消沈していると、雪宮はハッとした顔で時計に目を落とした。俺も自分の腕時計を見ると、八時を優に過ぎていた。

「やべっ、遅刻……！　雪宮、行くぞっ」

「ええ。けど、離れてちょうだい。あなたと一緒に登校しているところなんて、死んでも見られたくないわ」

「言いすぎ、言いすぎ。心バキバキにされちゃう」

「冗談よ」

だから、お前の冗談はわかりにくいんだっての。……仕方ない。遅刻するのは嫌だし、走っていくか。

「ああ、そうだ。八ツ橋くん、昨日のタッパー、放課後に返しに行くから、待っていてちょうだい」

「ん？　わかった。じゃあな、雪宮」

雪宮に別れの挨拶を告げ、小走りでアパートを飛び出す。

最初、雪宮と鉢合わせした時は最悪だと思ったけど……今は、そうでもない。ああいう他愛もないやり取りが好きなのかもな、俺。

足取り軽く、白峰高校に向かって走る。

今日も今日とて一円玉天気。いい一日になりそうだ。

第二話　隣人は学び得る

「悪くなかったわ。及第点ってところね」

「いきなり辛辣かよ」

放課後。家で料理をしていると、約束通りやってきた雪宮にこんなことを言われた。

昨日、カレーの歌（作詞作曲・雪宮氷花）を歌ってたじゃん。ノリノリだったじゃん。

まったく、素直じゃない奴め。

「でも、お前も結構喜んでたろ。あのリアクション見たら、わかるって」

「だ、誰も喜んでないわ。別に手作りのカレーとか、炊き立てのご飯とか。まったく喜んでないわよ」

「いや無理がある」

「……無理なんてしてないわ」

それ、まずは俺の目を見てから反論してもらおうか。

もう目の奥が食欲で支配されてるんだけど。わかりやすすぎるぞ、雪宮。カップ麺やスーパーの総菜、コンビニの弁当ばかりで夕飯を済ませていたこいつの食生活を考えると、気持ちはわからんでもないが。

「改めて、タッパー、返しに来たわ。……ありがとう」

「苦しゅうない」

「は？」

「ごめんなさい」

冗談じゃん。お前だって冗談言うじゃん。

引き笑いで雪宮が差し出したタッパーに目を向けると、さすがに綺麗に洗われていた。多分、油を落とすためにめちゃめちゃ洗剤使ったんだろうな……今度、お湯使えば簡単に油汚れを落とせること教えてやろう。

タッパーを受け取ろうとすると、雪宮の鼻が小さくぴくぴくと動き、視線が俺の部屋の中へ注がれた。

「ん？　ああ、今日はステーキとポテトサラダにしたんだ。牛肉が半額になってたから」

「すて……ぽて……」

──ぐぎゅるるるるるるるるる～……。

……わかりやすいお腹だ。

ちょっとほっこりして雪宮を見ていると、ふいっと顔を背けられた。

「私じゃないわよ」

「何も言ってねーよ。ったく……実はそうくると思って、雪宮の分も用意したんだ。……食うか？」

「…………………………………………いらないわ」

「間(ま)」

それ全然拒絶になってないから。

苦笑いを浮かべ、用意していた別のタッパーを紙袋に入れて持ってきた。

ステーキ、ポテトサラダ、それとバゲット。あと、一応買ってあったミニトマトのパック。

栄養バランスを考えてな。ポテトサラダは、サラダの名前がついててもサラダにあらず。

雪宮に合わせて、全体的に量は少なめだ。

「ほら、持ってけ」

「ごくり……あ、あり、がと……」

喉(のど)を鳴らすほどの唾(つば)を飲み込む雪宮。視線は既(すで)にタッパーに釘付けだ。こんだけ喜ばれると、作り甲斐があるというかなんというか。

「む。ミニトマトきらい」

「わがまま言うんじゃありません。大きくなれないぞ」

「は？？？？」

「……失言でした」

いや、どこがなんて一言も言ってないじゃん。被害者意識過剰ですわよ？

いつもの冷たい視線にドギマギしていると、雪宮はため息をついて目を伏せた。

「ま、まぁ、与えてもらってる方の私が文句言うのもお門違いよね。……食べるわ、頑張って」

「お、おう。まあ残したら、明日にでも返してくれ」

「ええ」

……なんだか、腹を空かせた野良猫に餌をやってる気分になってきた。

でもずっとこのままってわけにもいかないし……あ、そうだ。

「もしよければ、これから当分の間、夕飯作ってやろうか？」

「いいの!?」

うおっ、顔ちか……！

俺の提案が嬉しかったのか、目を輝かせてずいっと迫ってきた。本当に顔はいいな。顔だけは。

俺が少し距離を取ると、詰め寄りすぎたことに気づいた雪宮が恥ずかしそうに咳払いをした。

「まあ、八ツ橋くんが私に料理を献上したいのであれば、やぶさかではないわ」

「じゃあやめとくわ」

「…………」

あ、やべ。泣きそう。

「うそうそ。冗談だって。その代わり、食材費は割り勘。お前も料理を覚えるのが条件な」

「……私も？」

「ああ。これからずっと俺が作り続けるわけにもいかないから、お前にも覚えてもらう。そしたら自分の好きなものを、自分の好きな時に作れるぞ。雪宮、何が好きなんだ?」

「……唐揚げ」

「……唐揚げか」

「な、何よ」

「いや別に」

昨日のカレーといい、ステーキへのリアクションといい、今言った好物の唐揚げといい、意外と子供っぽいものが好きなんだな。

「ふむ……クッキー好き?」

「!　……好き」

お、反応した。

「チョコレート好き?」

「好き」

「マカロン好き?」

「好き!」

「ケーキ好き?」

「大好き!」

「まあ作れないんだけど」

「!?」

たった今までわくわくしてたのに、奈落に落とされたような顔になった。こんなにコロコロと表情の変わる雪宮、学校じゃ絶対見られないよな。

ごめんて。だからそんな睨まないで。

「あはは……今度作れるようにしとくからさ。俺はお菓子作り。雪宮は料理。一緒に練習しようぜ」

「……わかったわ。でもあんまり高いのはダメよ。私も生活費はやりくりしてるんだから」

「わかってるって。俺も金はないし、安く済ませる。明日から家事は教えてやるよ」

てか、金の心配をするお嬢様ってどうなんだ？

「じゃあ、念のためメッセージアプリのＩＤ交換しようか。その方が何かと便利だろう。雪宮が食べたいものを教えてくれると助かる」

「悪用したら吊るすわよ」

「しねーわ」

てか吊るすって何を？　首？　こわ、発想がこわ。

スマホでＩＤを交換すると、『氷花』の名前が登録された。

なんだかんだ、同年代の女子のＩＤを知ったのって初めてだな。

相手は雪宮だが、それでも嬉しいものは嬉しい。

「それじゃ、明日からよろしくお願いするわ」

「おう。またな」

もう用はないとでも言うように、雪宮はいそいそと自分の部屋へと戻っていった。

よっぽど我慢できなかったんだろう。まあ、ステーキなんてなかなか食えないもんな。俺だって、牛肉が格安で手に入らないと食えないもんだし。

俺も部屋の中に入り、食事の支度をし……そこで気づいた。

待てよ。よくよく考えると、これ雪宮と毎日顔を合わせるってことだよな。

学校ではクラスが別だから、顔を合わせるのも廊下くらいしかない。

だから精神的なストレスも緩和されるけど……なんか、自分で自分の首を絞めてるような。

毎日あいつの冷たい視線を浴びなきゃいけないって、ちょっとしんどい気がする。

……ま、昨日掃除をしてた時はそうでもなかったから、大丈夫だろう。

大丈夫だと信じたい。大丈夫だよね？

……気にしても仕方ないか。……ん？

「すーてきーなスーテーキうーれしーいなー♪　ポテトのサラダーもつーいてーきてー♪　こーんがーりバーゲェットさっくーさくー♪　でもでもトマトはダメなのよー♪」

「ああ、またか」

今度はステーキの歌……これ、雪宮の癖なんだろうな。嬉しいことを歌にするの。

隣から聞こえてくる無駄に上手い歌を聞きつつ、俺もソファに座って夕食を食べる。

壁越しだけど、一緒に夕飯を食べる。

それが嬉しくて、俺もつい笑みをこぼした。

◆◆◆

「へいへい葉月！　よう、葉月！」

翌日、学校に登校すると、昇降口でテンションがバリバリに高い淳也が絡んできた。うっとうしいことこの上ない。昨日のことで疲れてんだから、あまり大きい声出さないでほしい。ちょ、肩組んでくるな。暑苦しすぎる。

「……あぁ、おはよ。なんだお前、テンション高いな」

「ふふふ。今の俺はベリーベリーホット……これが高くならなくてどうするよ！　俺ぁもう、一生彼女なんてできないと思ってたんだぜ!?」

「へー、もう彼女できたのか」

「いや、できてないけど。……その『何言ってんのお前？』みたいな顔やめてくんない？」

いやいやいや。今のテンションと話の流れだと、彼女ができたのかと思っちゃうだろう。できてねーのかよ。じゃあなんでそんなにテンション高いんだよ。

「はぁ……いいか葉月。俺たちが男子校の生徒のままだったら、高校時代に彼女を作れる可能性はほぼ絶望的だった。なぜなら、出会いがないからだ。それがどうだ！　今はよりどり見どり！　どこを見ても女がいて、どこを嗅いでもいい匂いがする！　これがテンションが上がらずどうするよ！」

「………」

「おい、引くな引くな。ドン引くな」

いやぁ……ドン引くだろ。ちょっと気持ち悪いし、今の発言。

「てか、大袈裟だな」

「大袈裟じゃねーよ！　現に男子校の生徒のままだったら、彼女作るのにどんだけ苦労すると思ってんだ！」

知らんがな。少なくとも、彼女彼女と連呼するような奴には彼女なんてできないだろ。女子だって、そんな鼻息荒くこられても怖いだけだろうし。

まあ、今の淳也にそんなアドバイスしたところで、聞いてくれないだろうけど。なんか知らんけど、熱量高いし。

「ふっふっふ……花の高校生活はあと二年……俺は在学中に、彼女を作ってみせる！」

「頑張れ～」

「……逆に、なんでお前はそんなテンション低いんだよ」

「欲しいとは思うけど、現状別にいてもいなくても困らないし」

「かーっ！　これだから拗らせ童貞は！」

「てめーにだけは言われたくない」

「俺はただの童貞ですー。彼女いらないとか斜に構えた、拗らせ童貞とは違いますー」

腹立つなこいつ。いっぺんぶん殴ってやろうか。

でもこんなふうに彼女彼女、童貞童貞連呼してたら、マジで彼女なんて夢のまた夢だろ。周りを見てみろ。女子たちが変な目でこっち見てんぞ。

「見てください見てくださいっ。あれがリアル男の友情ですよ……！」

「茶髪の彼が攻めかしら……？」

「私は誘い受けと見ましたわ」

「では、黒髪の方のヘタレ攻めでしょうか」

「「ふふふふふ」」

本当に変な目で見られてる!?

その視線に気づいてない淳也は、いまだ俺の肩に腕を回してペラペラとあーだこーだ話してくる。いい加減にしろ。今は彼女いらない俺も、こいつのせいで将来的にも彼女できなくなるわ。

「いいから肩組んでくるな。放せ」

「えー？　黒高(くろこう)ではこんなんだったろ」

「お前、男が好きって噂されたら、彼女できるどころじゃなくなるぞ」

「困る。寄るな、ぺっぺ」

それ、なんて言うか知ってる？　理不尽ってんだよぶん殴るぞ。

俺だって、ちょっとは彼女ができるかもとか期待してんだから、巻き込まないでほしい。

下駄箱で靴を履き替えていると、淳也が「そーいや」と別の話題を振ってきた。

「例の女神様とはどうよ？」

「……どうよ、とは？」

ニヤニヤ顔の淳也に、思わず警戒してしまった。

例の女神。つまり、雪宮氷花のことだろう。

いきなりこんなことを聞くなんて、まさか家でのことがバレて……？　いや、そんなはずはないと思うが。

だが淳也は俺が警戒しているのに気づかず、まだニヤニヤ顔を向けてくる。

「一昨日は生徒会の会議だったんだろ？　どんな感じだった？　やっぱり噂通り、クールで儚くも奥ゆかしい完全無欠のご令嬢だったか？」

「……はっ」

「なんで鼻で笑うんだよ」

仕方ないだろ。あれのどこがクールで儚くも奥ゆかしい完全無欠の令嬢なんだ。クールはクールでも氷のように冷たい絶対零度の令嬢の間違いだろ。

……まあ、家でのあいつは、そんな第一印象を覆すくらいには……可愛げもあった、けどさ。

「淳也、一つだけ言っておく。噂は噂。夢は心に留めておくに限るぞ」

「お、おう……？　なんか、難しいこと言うな、葉月」

「お前が馬鹿なだけ」

「何をう!?」

いつも通り他愛もない会話をしつつ、俺たちは階段を上り、自分のクラスへと向かう。

と、階段の上から、一人の女の子が降りてきた。

まず目に飛び込んできたのは、短いスカートから伸びる、綺麗で肉付きのいい脚だ。

ゆっくり見上げると、ブレザーは着ていない。ワイシャツの袖をまくり、胸元のボタンを開けていて、雪宮にはない豊満なものががっつり覗いている。……って、さすがにこれは雪宮に失礼か。

さらに上に目を向けると、お嬢様学校では珍しいド金髪。かきあげ前髪が特徴的で、途中まではストレートで毛先を緩く巻いている。

ギャルらしく、派手なメイク。だけど端整な顔立ちからは、どこか気品を感じられた。

いわゆる、美少女ギャル。雪宮とはベクトルの違う、本物の美少女だ。

これが初めましてなら、俺も緊張していただろう。だってこんな美少女、滅多にお目に掛かれるものじゃない。

だが、この子を見たのは初めてじゃなかった。一昨日の生徒会の会議にもいた、白峰女子生徒会のメンバーだ。

こんな派手な見た目で白峰女子の生徒会役員って、ちょっと驚きだよな……。

呆然と彼女のことを見ていると、向こうもこっちに気づいたのか、俺を見てキョトンとした

顔をした。

ここは……うん、挨拶(あいさつ)しておくべきだろう。同じ生徒会の仲間として。

「あー……ども。おはよーございます、っす」

「およよ？　うん、おっはー」

ノリ軽っ。もともとはお嬢様学校の生徒なんだし、「ご機嫌よう」とか言うんだと思ってた。見た目通りの軽さというか……でもおかげで、余計な緊張はしないで済む。

……って、あれ？　淳也は？　さっきまで俺の隣にいたのに……ん？

見ると、いつの間にか階段を上りきっていた淳也は、ガチガチに緊張した感じでこっちを振り向いた。

「は、葉月ッ。俺、先、行ク」

「お、おう？」

なんでカタコト……って、当たり前か。我ら元男子校の生徒は、この一年で女子への免疫が限りなくゼロに近くなっている。俺も似たようなものだが、一昨日からの雪宮とのやり取りで、だいぶ女子と話すのに抵抗はなくなっていた。

あれじゃあ、彼女を作るなんて本当に夢のまた夢だよなぁ……頑張れ、淳也。応援してるぞ。

心の中でエールを送っていると、ギャルさんは淳也を見送って首を傾(かし)げた。

「何あれ、ちょーウケる。きんちょーしすぎじゃん？」

いや、全然ウケるって顔してないじゃん。完全に真顔なんだけど。ギャル怖い。

「あ～……擁護するわけじゃないけど、あんまり笑ってやらないでくれ、っす。あれでも彼女作りたいって頑張ってるんで」

「そーなん？　けどまあ、軽薄そうな男子じゃ、白峰の淑女サマ相手じゃきびしーんじゃないかな」

　でしょうね、知ってる。

　美少女ギャルさんはステップを踏んで階段を降りてくると、超至近距離でニコニコと俺を見てきた。ちょ、近っ。顔よすぎるっ。あといい匂いだし、下見たら深い谷間がこんにちはしてるんだけどっ……！

　思わず顔を背けると、美少女ギャルさんはムッとした顔になった。

「ちょっとぉ、はづきち。ひっさびさに会った幼なじみの顔を見て目を逸らすなんて、しつれーじゃん？」

「そ、そりゃ逸らすに……え？　はづきち？」

　懐かしい呼ばれ方に、思わず美少女ギャルさんの方に向き直った。

　八ツ橋葉月。葉月から取って、はづきち。

　俺のことをそう呼ぶのは、幼稚園からの友達だけだ。

　ということは、この子とは幼稚園が一緒だったたってことだ。

　……わからん、思い出せん。だってメイクしてるし、髪の毛金髪だし、おっぱいでかいし。

　……いやマジででかいな。言わないけど。

「えっと……生徒会のメンバー、だよな？　名前教えてもらっていい？」

「昨日、じこしょーかいしたし！」

「すまん、緊張でなんも聞いとらんかった」

　これはガチだ。一年ぶりに女子と相対（あいたい）したんだ。どう接したらいいのかわからず、吐きそうだったんだよ。

　美少女ギャルさんは呆れたようにため息をつくと、ジト目で俺を見てきた。なんか、ごめんなさい……？

「まったく……はづきちは昔から、ほんとーに変わんないね。じゃーこう言えばわかるかな？　よっちゃんだよ、はづきち」

　よっちゃん？　…………あ……ああっ！

「よっちゃん！　黒月陽子（くろつきようこ）！」

「ぴんぽんぴんぽーん！　だいせいかーい！」

　美少女ギャルさん改め、黒月陽子。あだ名はよっちゃん。

　確かにいた。幼稚園が一緒で、小学校も三年生まで同じだった。

　途中でよっちゃんが転校して以来会ってなかったけど……まさかこんなところで再会するなんて思わなかった。

　黒月はぬへへと笑みを見せるが、すぐにジト目になってしまった。

「てゆーか、気づくの遅すぎるっての。ウチは一昨日の生徒会ですぐ気づいたのにさ。それに、話しかけよーとしてもコソコソ帰っちゃうし」

「す、すまん」

遅すぎると言うけれど、もしちゃんと名前を聞いていたとしてもわからなかっただろう。黒月陽子のかつてのイメージと今の姿が、全然違うからだ。

俺たち幼なじみからしたら、黒月陽子のイメージといえば……。

「だってお前、もっと大人しくてお淑(しと)やかで静かで暗くてイジイジしててすぐ泣いて男が苦手なのに俺の後ろを付いてくる、絵に描いたような根暗ド陰キャだったじゃん」

「悪口じゃん！　それ鬼悪口じゃん！　ウチ泣くよ!?」

別に悪口を言ったつもりはない。全部、純然たる事実なんだけど。

「にしても……本当に変わったな。そんなギャルになってるなんて、思ってもみなかった」

まあそれ以上に、美少女すぎてビビったんだけど。昔と変わりすぎだろう。

ちょ、痛い、痛いっ。つま先で蹴ってくんな。悪かったから。

「にしし。うじうじいじしてても、なんも変わらないって思ってね。高校デビュー的な？」

「お嬢様学校で？」

「ここは親が勝手に入れただけだし。中学からメイクとか勉強して、筋トレとかで体作って、どこから見られてもいいようにしたの。どーよ、エロかわわじゃん、ウチ？」

黒月はいろいろとスタイルのよさを見せつけるようなポーズを取る。

確かに、様になっている……気がする。だけど幼なじみのセクシーポーズとか目のやり場に困るからやめほしい。

「おー？　なんだなんだ〜？　はづきち、顔真っ赤っかよ？」

「い、いやっ、こんなの誰だって……！」

「ウブいなぁ。かーわいっ」

からかうなよ……。

目のやり場に困っていると、近くを通った女子生徒たちがこっちを見て、ヒソヒソと何かを話している声が聞こえてきた。

「見てください。また黒月さん、下品な格好をして……」

「しかも殿方の前で、あんなポーズを取って……」

「完全に男に媚びていますわよね。淑女の風上にも置けません」

……なんだと？

思わず睨みつけると、その女子生徒たちは怯えた顔で小走りで去っていった。

そうやって他人を決めつけて……舐めてんのか。俺もワイシャツのボタン全部外してやろうか？　あ？　公然わいせつで捕まるぞコラ。由緒正しき白峰の汚点になろうか？　お？

「ちょ、その顔やめて、はづきち。メンチ切ってるヤンキーみたい。それに、ウチは大丈夫だから……」

「いいや、お前がよくても俺が許さん。あーやって見た目で判断するような輩は、ろくな奴じゃないんだ。なんならガツンと言ってやろうか」

「いいの！」

黒月は俺の服の裾を摘み、本当に気にしてなさそうな笑みを見せてくれた。

それこそ、陽子の名前通り、太陽のような。

「ウチは、今のウチを気に入ってる。誰に何を言われようと、なんとも思わないから」

「……黒月がいいなら、いいけどさ」

「うんうん、いーのいーの。……って、黒月ってなに？　昔みたいに、よっちゃんって呼べばいーじゃん？」

俺の黒月呼びがお気に召さないみたいで、今までで一番のムス顔になった。そんなこと言われてもな……。

「もう幼稚園の頃とは違うし、陽子って呼び捨てにするわけにもいかないだろ。間をとって、黒月で」

「ウチは別によっちゃんでいいのに……」

「そういうわけにもいかんだろ。男子校出身の思春期舐めんな」

「え、自慢？　ダサ」

「テメェ……」

「ぬへへ。うそうそ、はづきちらしいよ！」

うっ。背中叩くな、痛てぇ。

くそ、黒月の屈託のない笑顔を見せられると、なんか毒気が抜けるんだよな。昔もたまにだけど、同じような笑顔をしていたっけ。こうして見ると、何年経っても変わらないところもあるんだな。

あと、気軽に男子の背中叩くな。うっかり好きになっちゃうだろ。

むず痒さを覚えて黒月から目を逸らすと、彼女が俺の後ろを見て「あ！」と声を発した。誰か知り合いが来たみたいだ。

黒月がこれほど嬉しそうな顔をするなんて、相当仲のいい女の子なんだろう。

そう思い振り向くと——雪宮氷花だった。

思わず顔が引き攣る。

だが黒月は、元気よく手を上げて挨拶した。

「氷花ちゃん、おっはー！」

「黒月副会長、おはようございます。挨拶はちゃんとしましょうね」

「うい！　おはよーございます！」

「よろしい。……八ツ橋生徒会長も」

「……おはよ」

……なんだろう。黒月相手と俺相手じゃ、態度が違う気がする。まあ、男の俺と、元からの学友相手じゃ、対応の仕方に差があって当然ってことか。

「って、黒月って副会長だったんだな」

「すごいっしょ。どや」

「人は見かけによらないな」

「にゃにおう！　はづきちだって、生徒会長とか似合わないし！」

「俺だって人望あるから生徒会長やってんだけど」

嘘です。俺以外に立候補者がいなかったから、自動的に生徒会長になっただけです。一応、内申点も上がるみたいだし。見栄（みえ）くらい張らせてくれ。男の子なんだもん。

俺と黒月が軽口を叩き合っていると、雪宮が不思議そうに首を傾げた。

「ずいぶんと仲がいいのね。はづきち、って？」

「ウチら、同じ幼稚園だったんだー。小学校も途中まで一緒で、幼なじみってやつ？　だから、はづきちって呼んでんの。あっ！　なんなら氷花ちゃんも一緒に呼ぶ？　呼び方が変われば、仲良くなれるかもよ！」

「結構よ」

ばっさり。袈裟（けさ）に斬られた気分。

昨日の夜は夢幻（ゆめまぼろし）だったんじゃないかと思うくらい、クールというか冷たいというか。

雪宮は俺を横目で見ると、そっとため息をついて行ってしまった。おいコラ。人の顔を見てため息つくとか、失礼すぎんだろ。

「あー、ダメだったね。一昨日の会議のこともあったし、二人にはもっと仲良くしてほしーんだけど」

「俺はこのままでもいいけど」

「ダメダメ！　せっかく共学で生活するんだし、ちゃんと仲良くならなきゃ！」

仲良く……か。家でのことは仕方ないにしても、学校でまで仲良くする義理はあるのかね。あんな美少女と仲良くなったら、これからの学校生活は薔薇色になるんだろうけど、ぶっちゃけ厳しそうだ。あと、性格に難あり。美しい花には棘があるの代表例だな。

と、その時。ホームルームの開始を告げる予鈴が鳴り響き、黒月がしまったという顔をした。

「あ！　おしっこ行きたいんだった！　じゃーね、はづきち！　また今度ゆっくり話そ！」

「お、おう。また」

黒月は短いスカートでジャンプするように階段を降りていった。

そんな短いスカートでジャンプするなとか、女の子がおしっことか言うなとか、いろいろと言いたいことはあるが……とりあえず俺も、遅刻しないように急いで自分の教室へ向かった。


穏やかに一日が終わり（ハイペースすぎる授業で脳がショートしそうになったが）、放課後。

今日は定例会議もなく、ホームルームが終わると急いで帰りの支度をした。

今日から約束通り、雪宮に家事全般を教えなきゃならない。帰ってあれこれと準備しないといけないからな。

そう考えていると、先に帰り支度を終えた淳也がこっちへ寄ってきた。

「おーい葉月。帰り遊んでいかね？　せっかく地元からちょっと離れた場所にある学校に通ってんだ。散策がてら、ラーメンでも食おうぜ」

「あー……悪い。しばらく放課後は付き合えそうにないわ」

「生徒会の用か？」

「当たらずとも遠からず、かな」

「はー。やっぱ由緒正しき白峰ともなると、生徒会の仕事も忙しいんだな。ういうい、りょーかい」

「わりぃな」

「かまへんかまへ～ん」

淳也はまたなーと手を振り、鼻歌交じりに別の友達と教室を出ていった。

俺だって、できることなら遊びたい。でも雪宮との約束が先だし、初日から約束したことを蔑ろにはできないからな。

それに外で飯を食うと、どうしても食費が嵩む。一人暮らしで親から金を出してもらってている身からしたら、その辺をどうしても考えちまうんだよな……。

一応学校にも学食はあるが、白峰の学食の飯は高い。一番安いメニューでも、ワンコイン以上はかかってしまう。値段を見た時はビビった。さすが元はお嬢様学校の学食って感じ。

ちなみに雪宮は、毎日学食で友達と食べているらしい。そういう金には困ってないあたり、あいつもお嬢様なんだな。

俺は生活費は親頼みだから、できるだけ節約しないと……あと勉強もしないとなぁ。一人暮らしさせてもらってるんだから、成績を落としたら何言われるかわかんない。

これから遊びに行く自由な友達に羨望の眼差しを向けつつ、気を引き締めなおし、雪宮を待つべく帰路に着いた。

アパートに帰ると、とりあえず汚れてもいい服に着替えた。

今日の予定をまとめたメモを片手に、必要なものを準備する。

って、今日やることは基礎の基礎。いや、基礎と言っていいのかもわからないくらい、とにかく超簡単なことだけ。そんなに構えることもないだろう。……多分。

あらかたの準備を終え、あとは雪宮を待つだけだ。

部屋の時計を見ると、時刻は十六時半を回っていた。もうこんな時間か。

……まだかな……って、なんであいつのことを待ちわびてんだ。はぁ……宿題でもして待ってよ。

リビングのテーブルで、学校から出された宿題をやって待つことに。名門だけあり、白峰の授業スピードは半端ではない。難易度もこれまでの比じゃないくらいだ。

これでも一応黒波ではいい成績だったけど、食らいついていくのがやっとって感じ。

それにこの宿題の量。こんな量を一日でやるとか、正気じゃない。常時夏休みの宿題かよ。

「はぁ……がんばろ」

プリントやノートと睨めっこしつつ、無心で問題を解いていると——不意に、チャイムが鳴った。

時刻はもう十七時半。なんだかんだ、一時間くらい経っていた。

荷物を注文した覚えはない。ということは、雪宮だろう。ずいぶん時間がかかったな。

インターホンの画面を見ると、やっぱり雪宮がいた。こいつもちょっと緊張してるらしく、前髪をちょちょっと直している。

雪宮が相手なら、直接扉を開けた方が早いか。

「はいよ。お待た、せ……」

お……おぉ……？

扉を開けた先にいたのは間違いなく雪宮だったが、当たり前だが制服姿ではない。

動きやすいように白のティーシャツと、ショートパンツ。だが脚は見せないようにか、春先の夜の冷え込み対策からか、黒のタイツを穿いている。

髪はポニーテールにまとめられていて、いつもと雰囲気ががらりと変わっていた。

「こんばんは、八ツ橋くん」

「あ、お、うん。こんばんは」

思いがけない私服姿に、つい言葉につかえてしまう。

だって、こんな……ねぇ？

「……何よ。私の格好、どこか変？　動きやすい服を着てきたつもりなんだけど」

「……いや、全然変じゃない。上がってくれ」

「お邪魔するわ」

雪宮は、もう俺の反応など気にも留めていないのか、ツンとした顔で部屋に上がってきた。

俺も、何を気にする必要がある。雪宮は家事を学びに来ただけ。俺は教えるだけ。それだけだろ。

気にしない、気にしない。気にしない……あ、いい匂い。

どうやらシャワーを浴びてきたのか、石鹼の香りとほんの少しのラベンダーの香りがする。だから少し遅くなったのか。

……って、気にすんなっての！　匂いを嗅ぐとか、変態か！

頭を振ってから部屋へ戻ると、雪宮は珍しそうにキョロキョロとリビングを見渡していた。

「本当に綺麗にしているのね。驚いたわ」

「だろ？　自慢の城だ」

「確かに、これだけ整っていると自慢もしたくなるわね……こういうのを見ると、私も自分の部屋を整えたくなるわ。……あら？」

と、雪宮は俺が出しっぱなしにしていた宿題に目をやった。あんまり見られると恥ずかしいんだけど。

「ここ、答え間違えてるわよ」

「え、嘘」

「これはこっちの公式。あと、ここの答えを間違えてるってことは、前の答えも……ほら、間違えてる」

雪宮はあれこれ説明しながら、俺のノートに式を書き込んでいく。

しかもめちゃくちゃわかりやすい。先生のオートメーション的な教え方じゃなくて、要点をまとめつつどうしてこうなるのかを的確に説明してくれた。

「ほう……なるほど、そうやって解くのか」

「八ツ橋くん、もしかしなくても頭悪い？」

「ド直球なディスやめろ」

「冗談よ。この辺ができているってことはちゃんと基礎は押さえられているってこと。気をつけるところを覚えていったら、問題ないわ」

お、おぉぅ……なんかいろいろと教えてもらっちゃったな。俺が家事を教える立場なのに。

教えてもらったところを改めて見ていると、雪宮が「あ」と声を漏らした。

「ごめんなさい。つい目が行ってしまって……早速、家事の方を教えてもらおうかしら」

「いや。俺こそ教えてもらって、助かった。ありがとう」

さすが白峰女子で生徒会長に選ばれただけある。教え方も上手いし、すぐに理解できた。

とりあえずテーブルの上を片付け、キッチンへ向かった。

キッチンへ入ると、雪宮はわざわざ買ってきたのか、折り目のついたピンク色のエプロンを身に着けていた。

可愛い、淡い色合いだ。桃色と言ってもいい。

雪宮のイメージ的に水色の感じも合う気がしたけど、こういった暖色系もよく似合うな……。

雪宮はリボンを後ろで結ぶと、胸から腰にかけてなだらかな曲線が生まれた。決して大きくはない胸だが、腰のくびれが細すぎて必然的に胸が大きく見える。目の錯覚ってすごい。

……って、リボンが今にも解けそうだぞ。意外と不器用なんだな、雪宮って。うまく結べてないから、胸元がゆるゆるだ。

でもここで俺が指摘すると、プライドの高い雪宮に言葉でぼこぼこにされそうだし……放置でいいだろう。

「よし、と。準備できたわ。……何よ」

「な、なんでもない」

やべ、視線に気づかれた。あんまじろじろ見てると噛みつかれるからな……気をつけなきゃ。

目を逸らしつつ、雪宮の隣に立った。

「じゃ、じゃあ、今日は火の使い方を教えるから。コンロの火は点けられるか？」

「コンロ？」

……まあ無理ですよね。コンロ周りも使った形跡がなかったし……。

「このアパートは全部設備は一緒だ。つまみを完全に回しきると火が点く。反対側に戻す加減で火力の調整がつけられる。これだけだ」

「簡単そうね。つまり全開にすれば、最大火力になるのよね？」

「まあその通りだ。じゃ、コンロでお湯を沸かしてくれ」

「ふふん。任せなさい」

なんでやったこともないのに自信満々なんだろう、この子。

雪宮はキッチン周りをぐるりと見渡す。

そして、電気ケトルへと手を伸ばしてコンロに置き…………は？

「よっ」

バチチチチチチッ――火ィ点けやがった!?

「ちょおおおおおおおおお!?　なななななな何してんの雪宮!?」

慌てて火を止めて電気ケトルをシンクに入れる。

よかった。ちょっと焦げ目が付いただけで、溶けてはいない。いや電気ケトルに焦げ目とか付いちゃいけないんだけどさ。てかこれ俺の電気ケトルなんだけど!?

いきなり俺が大声を出したことに驚いたのか、雪宮は少し怯えた顔をしていた。

「な、何よ。だってお湯を沸かせって言ったじゃない」

「やかんだよ、やかん！　もしくは鍋！」

「やかん？　なべ？」

……おい、マジか。

「部屋にないのか？」

「あると思っているの？」

だろうな。あんな部屋に、そんな上等なものがあるはずないか……てかなんで勝ち誇ったように言うんだ。質問を質問で返すんじゃない。はたくぞ。

「……カップ麺のお湯は、電気ケトルで沸かしてるのか？」

「ええ。ボタン一つで沸かせるし、便利だもの」

「……もしかして、これはコンロでも使えると思ってる？」

「違うの？」

「ちげーよ！　『電気』ケトルだっつってんだろ!?」

「わ、私だって変だとは思ったけど、コンロで火を沸かせって言うから……」

だからって、電気ケトルを直接火にかける奴があるか。

あぁ、序盤からどっと疲れが……いや、ダメだ俺。挫(くじ)けるな。ここで挫けたら、この先に待ち受けている難関を突破することはできないぞ。

そっと息を吐いて気持ちを落ち着かせると、やかんに手を伸ばした。

「いいか？　今回はやかんで湯を沸かす。やかんはこれだ。蓋(ふた)をして沸騰すると、ピーッて甲高(かんだか)い音が鳴るから。そしたら火を止める」

「音が鳴るの？　何故？」

「……何でだろうな」

そんなこと考えたことなかったけど……って、今はそんなのはどうでもいい。

「それより、やってみな」

「気になるけど……あとで調べましょう」

勉強熱心はいいことだけど、今だけは家事に専念してくれ。火事になるぞ。なんちゃって、てへ。……はい、寒いっすね。さーせん。

雪宮はやかんに水を入れると、蓋を閉じてコンロに火を点けた。

一度やった流れだ。全然問題はないな。……一回目は電気ケトルだったけど、まあ許す。

「火の強さはどれくらいがいいのかしら？」

「やかんの縁に、火が来るように調整してみ。これじゃあ火が強すぎるから」

「わかったわ」

少しだけ屈み、慎重に火力を調整する。

ちょっとのことでも全力勝負だな。偉い偉……い⁉

「ん？　八ツ橋くん、どうかした？」

「なななななんでもないっ、気にしないでくれ……！」

「そう？　じゃあ話しかけないで。気が散るから」

いやそんなに集中力を要するようなことでもないんだけど⁉

雪宮はまた屈み込むと、じーっと炎の大きさを見ながら火加減を調節する。

ゆ、きっ、ちょっ……！　そ、そんな屈むと、いろいろと見えちゃいけないものが見えそうになってるんだけど⁉

しかし雪宮は火力の調整に手間取っているのか、自分の胸元を気にしてる様子はない。やっぱり不器用か、こいつ。

けどそのせいで、胸元が大きく開いて服の中ががっつり見えてしまっている。薄い胸をしまっている下着も、エプロンと同じ桃色だ。でもそれ以上に、胸がない分その先の腹やへそまで見えて……おおおおお俺は何をそんなにガン見してるんだ！

慌てて雪宮から視線を逸らす。とてもじゃないが、これ以上は罪悪感で耐えきれない。というか男子校出身思春期の心が耐えきれない。

と、ちょうどタイミングよく火力の調整が終わったのか、雪宮は得意げな顔で腰に手を当てた。なんでこの程度でドヤるんだよ。

「できたわよ。……何でちょっと腰が引けているの？」

「じ、持病だ。気にするな。そ、それより、エプロンもっときつく結んだ方がいいぞ」

「え？　あら、本当。解けかかってる」

雪宮がエプロンの紐を結び直している間に、コンロの火を確認すると、ちゃんと言われた通りの火加減になっていた。

「オーケー。あとは沸騰するまで待つ。……どうせ沸かすなら、コーヒーでも淹れてみるか？インスタントだけど」

「コーヒー……わかったわ。私にやらせてちょうだい」

「……できる？」

「馬鹿にしないで。いつもは缶コーヒーだけど、よく飲んでるから味は覚えてるわ」

缶コーヒーを飲んでる雪宮……想像するだけでちょっと面白いな。

「じゃあ、頼む。俺はブラックで」

「ええ、任せて。余裕よ」

さっきの電気ケトル着火事件のせいで、そこはかとなく心配なんだが。

大丈夫か、本当に？

「それじゃあ、八ツ橋くんは宿題の続きをしてなさい。あの様子じゃ、まだ時間はかかりそうでしょ」

「いいのか？　雪宮は……」

「私は一時間もあれば終わるから」

一時間!?　あの分量をか!?

はぁ〜……さすがというか、なんというか。やっぱりお嬢様学校で生徒会長をやるだけあって、優秀なんだな。

「じゃあ、火の番は頼む。やかんの表面は熱くなってるから、持ち手以外は絶対触らないこと。コーヒーのインスタントはそこな。量は……」

「それは大丈夫よ」

「……本当に？」

「ええ、任せて」

「……わかった。じゃ、よろしくな」

とりあえずキッチンは雪宮に任せ、リビングへと戻る。

さて、あともう少し。頑張るか。

プリントを広げ、授業ノートと教科書を参考に解いていく。

今やってる数学の他に、英語と科学まであるんだ。ゆっくりもしていられない。

それに教科ごとの分量が多い。これを一日で提出しろって言うんだから、進学校は気が抜けないな。

そんなふうに集中して宿題に取り組んでいると、雪宮はキッチンに用意した小さな椅子に座りながら、俺の方を見ていた。

最初は気のせいかと思って無視していたけど……明らかに、俺を見ている。

「……なんだ?」

「っ。な、何が?」

「見てたろ」

「見てないわ。自意識過剰じゃないかしら」

こいつ……こほんっ。まあいい、今は宿題が先だ。

互いに無言の時間が続く。

だけどやっぱり、雪宮はこっちが気になるみたいで、ちょいちょい視線を感じていた。

「……大変そうね」

「まあな。黒波だと、この半分の量だから」

「そう……」

……なんだろう。何か言いたそうだな。

「言っておくけど、煽らないでくれよ。俺だって必死なんだからさ」

「ち、違うわよ。私だって、頑張ってる人を応援するくらいの気持ちはあるわ」

そう言いながらも、雪宮は指をもじもじさせている。

なんか変というか……雪宮らしくないな。そこまでこいつを知ってるわけじゃないけど。

「どうした？　何か悩んでるなら、聞くぞ」

「な、悩んでるわけじゃないの。ただ……一昨日から今日まで、私ばかりが助けられているな、と思って……」

助けられてる？

……あ、なるほど。部屋の掃除とか、家事を教えるとかか。これは俺がやりたいようにやってるだけだから、気にしなくてもいいのにな。

「だから、何か手伝えることがあればいいと思ったんだけど……」

「コーヒーを淹れてくれたらいいさ」

「でもそれ、私がいなくてもできることよね」

「まあな」

コーヒーを淹れるくらいなら、本当は電気ケトルでやればいいし。

だけど雪宮はその回答がお気に召していないのか、じっと俺を睨んできた。

いや……見つめてる、か？　わからん。雪宮の冷ややかな目付きって、どっちにも取れるからなぁ。

「私はあなたから、私にできないことを教えてもらっているわ。でもそれじゃあ一方通行じゃない。私からも、あなたにお返しがしたいの」

「だから、コーヒーとか……」

「そうじゃなくて、私にできることでよ」

雪宮にできること？

……ダメだ、わからん。てか雪宮に何ができるかとか、そういうのはまったく知識がないんだけど。

雪宮にできること……できること……。ダメだ。生物学的上の男と女だから、良からぬ妄想が脳裏を駆け巡る。倫理的にダメだし、こんなことお願いしたら、社会的に殺されるだろう。くそ、何を頼むにしても、男子高校生の思春期妄想が邪魔してくるぞ。

頭を振って邪念を振り払っていると、雪宮は自分から言うのがちょっと恥ずかしいのか、頬を染めて目を逸らした。

おい、そんな顔をされたら、余計にそっち方面を考えちゃうでしょうが。

喉の奥に絡まる唾液を飲み込み、冷静さを装い首を傾げた。

「えっと……すまん。今のところ何も思い浮かばない」

「だ、だから、その……私が勉強を見てあげましょうかってこと」

「……勉強？」

思わぬ提案に、今度は本心から首を傾げた。まさか勉強を教えてくれるなんて……。

「ありがたいけど、いいのか？」

「ええ。これでも学年一位よ、私。これ以上ない適任者だと思うけど」

「いっ……!?」

が、学年一位……頭がいいとは思っていたけど、そんなによかったのか、こいつ。

「あ、勘違いしないでちょうだい。借りは作りたくないだけだから」

「あ、ああ」

勘違いする要素がどこにあるのかわからんけど……でも、学年一位に勉強を教えてもらえるなんて滅多にないことだ。なら、断る理由はないな。

「雪宮がよければ、是非教えてほしい」

「わかったわ。なら、今日の夜からでいいかしら？」

「ああ。頼む」

となると、結構夜遅くまで一緒にいるってことか……な、なんか少し緊張してきたな。同級生の、しかもこんな美少女と一緒に夜中までって。

「……ん？　なあ雪宮。それってまさか、毎日か？」

「当たり前じゃない。私はあなたに毎日家事を教わるのだから、毎日勉強を教えるのは当然でしょ」

「……土日も？」

「ええ」

俺のプライベートは!?

それはまずいというか、もう少しお互いのプライベートの時間は大事にした方が……！

「さ、さすがに土日は休もうぜ。な？」

「……その日の私のご飯は？」

「え……まあ、作るけど」

「なら勉強教えるわ」

「なんで!?」

「あなたが私にご飯を作ってくれるのに、私ばかりが恩恵を受けるわけにはいかないもの」

律儀か！　そこは素直に受け取っとけよ！

と、たしなめようとすると、不意にやかんが甲高い音を発した。

「キャッ……！　び、びっくりした……こんなに大きな音なのね」

「お、おい火を消せっ。もういいから！」

「あ、そうだった」

雪宮がおっかなびっくりに火を止める。

ようやく音が止み、静かになった。あれじゃあ近所迷惑だろ。まったく……。

雪宮は用意していたマグカップ二つにお湯を注ぐと、一つを俺に渡した。

「はい、コーヒーよ」

「……ありがとう」

なんか、土日の勉強のことをうやむやにされた気がする。ずず～……ッ!?

「ぶほっ！　ごほっ！　げほっ！」

「ちょっと、何してるの。熱いから冷まして飲みなさいよ、まったく……はい、ティッシュ」

「ち、違っ……！　おまっ、これどんだけコーヒーの粉入れた!?」

「え？　どれだけって……底から一センチくらい？」

「多いわ！」

これじゃあ苦すぎて飲めたもんじゃない！　てかさっきの任せてって言葉はなんだよ!?

「そんな、大袈裟ね。コーヒーなんてどれだけ入れても変わらないわよ。こくっ。……っ!?　げほっ、げほっ！」

「ほら見ろ」

なかなか拝めそうにない雪宮の涙目を見れたのはいいけど、それ以上に口の中の苦さをなんとかしないと。

とりあえず二人で水を飲んで、冷蔵庫に入れておいたチョコを食べて口の中の苦味を消す。

いや、まだ苦いけど。どんだけ苦いんだ、これ。

「お、おかしいわね。コーヒーって、入れたら入れただけ美味しくなるんじゃないの？」

「料理に醤油を入れるだけ入れたら、しょっぱすぎて食べられないだろ。それと同じだ」

「そうなの？」

「……すまん、今の俺の喩えが悪かった」

料理したことない雪宮に料理の喩えとか、理解できないだろうな。反省。

「とにかく適量が大事だ。ティースプーンがあるから、それで一杯くらいがちょうどいいな。濃いのが好きだったり、眠気覚ましに飲むのだったりしたら、二杯入れていい」

「それくらいでいいのね。勉強になるわ……」

と、用意していたのかメモ帳に書いている。しかも絶妙に下手なイラストつき。本当、律儀というかド真面目というか……雪宮らしいと言ったら、雪宮らしいけど。

「コンロの使い方と、火の調節の仕方は覚えたな？　これが湯を沸かす以外になると、強火だと一気に焦げつく。だから料理は、火加減が重要だと思っていい」

「わかったわ」

ふぅ……まさかコンロの使い方を教えるだけで、こんなに疲れるなんて……先が思いやられるな。

「じゃあ、次は洗濯物の干し方だが……これは簡単だ。シャツ系はハンガー。下着や小物は洗濯バサミのハンガーに吊るす。タオルは物干し竿に直接かけるのでいいぞ」

リビングからベランダに出ると、もってこいなことに俺が朝に出していた服が干されている。

それらを見せながら説明すると、雪宮はふむふむと頷いた。

「この辺はなんとなくわかっているわ。いつもやっているし。でも乾燥機にかけた方が楽じゃない？」

「時間がなければそれでいいが、乾燥機にかけたら縮む服とかある。覚えはないか？」

「ないわね。使ったことないもの」

さいですか。

「乾燥機は便利だけど、できる限り外干しした方がいい。やっぱり外干しした服の方が、気持ちよく着られるからな」

雪宮はふーんと呟きベランダに出ると、首を伸ばして仕切り板の向こう側の自分の部屋を覗いた。

「……見えるわね」

「まあ、お隣だからな」

「まさか、外に干した私の下着を盗もうなんて考えてないわよね」

「アホか」

「ひゃうっ!?」

雪宮のデコを指で弾く。まったく、俺をなんだと思ってるんだ。

……一昨日のあれはあくまで事故なので、ほじくり返さないでくれると嬉しいです。

「痛いわね……婦女暴行で訴えるわよ」

「やめろ、マジで洒落にならん」

「冗談よ」

ならもっと冗談っぽく言ってくれ、怖いから。

冗談と言いつつ睨んでくる雪宮から逃げるようにリビングに入ると、エプロンを身に着けた。

「時間も時間だし、夕飯作るぞ。今日の夕飯は煮魚な」

「お魚……！　鯛がいいわ、鯛っ」

「そんな高級なもんが買えるか。今日はカレイな。簡単にできるし、教えてやるからこっち来い」

ベランダから戻ってきた雪宮は、さっき着けていたエプロンをもう一度着けた。

「でも煮魚って簡単なの？　難しそうな感じがするし、味が染みてないと嫌よ」

「魚ってのはどんだけ煮ても味は染みないぞ。煮魚の中身って白いだろ」

「……確かに」

「逆に中まで染みさせようとすると、脂が落ちきってパサパサになるんだ。慣れたら十分くらいでできるから、覚えておけよ」

「わ、わかったわ。がんばる」

カレイの煮魚、ご飯、味噌汁、漬物、レタスサラダを平らげ、雪宮は満足そうに手を合わせた。ちゃっかりご飯のお代わりなんかもしちゃって。

「はふ……ご馳走様でした」

「おう。どうだった？」

「……まあまあね」

「素直に美味いって言えばいいのに」

「素直に、まあまあと言っただけなのだけど」

あんなふうに美味そうに食っといて、今更言い訳することもないだろ。どんだけ俺の前で素直な感想言いたくないいんだ。

雪宮はティッシュで口元を拭うと、「さて」と立ち上がった。

「洗濯物を回してくるわ。そしたら勉強しましょうか」

「ん？　ああ、そうだな。夜は外に干すのはまずいから、乾燥機を使った方がいいぞ。女性の一人暮らしってバレたら厄介だからな」

「わかったわ」

外に出る雪宮を見送るために、一緒に玄関に向かう。

可愛らしい靴を履いた雪宮は、ちょっとだけ微笑んでこっちを振り向いた。

「それじゃあ、行ってくるわね」

「……行ってらっしゃい」

雪宮が玄関から出ていくのを見届け、一人で宿題へ向かう。

……行ってらっしゃい、か。なんかくすぐったいな。

若干の決まり悪さを覚えつつ、目の前の宿題に集中する。

そのまま待っていると、しばらくして自分の分の宿題を持った雪宮が戻ってきた。

「お待たせ。それじゃあ始めましょうか。二十二時には脱水が終わるから、それまでビシバシいくわよ」

「お、お手柔らかに」

思わず引き攣った笑みを浮かべると、雪宮は自分のノートを広げてある文字を書いた。

何々？　……『因果応報』？

「八ツ橋くん。因果応報って言葉、知ってる？　簡単に言えば、自分のやったことは、巡り巡って自分に返ってくる。そんな言葉ね」

「……まあ、うん。それくらいは」

「さっきあなた、私がミスした時に怒鳴ったじゃない。私、酷く傷付いたわ」

「全然そうは見えなかったが」

「人の心なんてわからないでしょ？」

そう言ってる時点で傷付いてないことは見え見えなんだが。けどそれを論破できるほどの頭は、俺にはない。ちくせう。

雪宮は明らかに作り物の満面の笑みで、定規を手の平に当ててバシンッと音を立てた。

「というわけで、厳しく教えていくから……覚悟しなさいね」

ひぇっ。

「ふぅ。……今日はこれくらいね」

「ぉ、ぉぉふ……」

や、やべぇ。想像以上に厳しかった。

おかげで宿題は終わったけど、脳がパンクしそう。雪宮、容赦なさすぎ……。

机に突っ伏して脳を休めていると、雪宮が部屋の時計を見て「あっ」と声を漏らした。

「いい時間ね。帰るわ」

「あぁ、もうそんな時間か。ありがとな、いろいろと」

「何言ってるのよ。私の方こそお世話になりっぱなしなんだから、ウィンウィンよ」

ウィンウィンにしては俺の方が厳しくされてる気がする。倍返しもいいところだ。

雪宮が玄関に向かうのを見送ると、彼女はゆっくりと振り返った。

……なんか、口をもごもごさせてるな。何か言いたげというか。

「どうした？　忘れ物か？」

「……いいえ、なんでも。……おやすみなさい」

「お……おう。おやすみ」

手を振る雪宮に、俺も手を振り返す。

扉が閉まる最後の最後まで、雪宮は俺の方を向いていた。まるで、私が見ているとでも言いたげな顔で。

なんか、むず痒い。もちろん、いい意味で。

食器を洗う前に、ベランダに出て空を見上げる。春真っ只中(ただなか)だけど、上着を羽織ってないと薄ら寒く感じた。……火照(ほて)った今の俺には、なかなかいい気温だ。

この三日間で、劇的に生活が変わった気がする。というか、雪宮とこんなに接することになるとは思わなかった。

友達とは違うし、学校の仲間とも違う。当然、恋人なんて甘酸っぱいものじゃない。

例えるなら、隣人。

いやまんまだけどさ。まあ、そのくらいの距離感がちょうどいいんだ、俺たちは。

「はぁ……ん？」

隣から窓を開ける音が……ああ、換気のためか。

「ふんふんふーん♪　ららんらーん♪」

相変わらずご機嫌だな。綺麗な歌声で歌ってるし……でも窓を開けて鼻歌を口ずさむのはやめた方がいいぞ。近所迷惑だから。

……そういや、壁越しじゃなくてこうやって直(じか)に聞くのは初めてだ。声もこもってないし、耳にスッと入ってくる感じがする。

月を眺めつつ、雪宮の歌に耳を傾けていると、散り終わりの桜の花びらが風に乗って夜空を彩る。

こういう夜も、いいもんだな。

「ターオルーをさーおにーほーしまーしょおー♪　ティーシャツハンガーさーげまーしてー♪」

おー、替え歌もよー歌っとる。

雪宮の歌声って、不思議と聞き惚れてしまうというか、耳を澄ましてしまうんだ。歌詞はへんてこだけど、まるで俺のためだけに開かれたコンサートみたいで……すごく、ゆったりとした気分になる。

歌に交じって、布のシワをぱさぱさと伸ばす音も聞こえてきた。どうやら、服を畳んでるみたいだな。偉いぞ。ちゃんとやってるな。

「パンツにブラシャーるるるら～♪」

……パンツにブラジャー？　まさかとは思うが……えっ、雪宮の？

と、思い出してしまった。雪宮の部屋で見てしまった、黒くセクシーなパンツ。それにさっき見た、ピンク色のブラシャー。

そして連動して思い出される、綺麗な縦線の入った腹筋とヘソ。

諸々を考えてしまい思わず前屈みになってしまう。

くそ、何考えてんだ俺……！　せっかくゆったりした気分になってたのに！

と、とりあえず夜風に当たって頭を冷やそう。

ベランダの柵に腕を乗せ、夜風を頬に感じる。

あぁー……気持ちいい。

そのままぼーっとしていると、網戸が開いて雪宮が外に出てくる気配が……え。

「あ」

「あ」

声がした方を振り向く。

……雪宮と、目が合った。それはもう、ばっちりと。

呆然としている雪宮。徐々に顔が赤くなり、口元があわあわとわななく。

「……何も聞いてないから」

「それ明らかに聞いた人が言うセリフよね」

ごもっともで。

雪宮は恥ずかしそうに俺を睨むと、ふんっとそっぽを向いて夜風に当たる。中に戻る、という選択肢はないらしい。ここで部屋に戻ったら負けとでも思ってるんだろうか。……雪宮ならありうる。

互いに無言のまま時間が進む。

気まずい。そこはかとなく気まずい。

沈黙に耐えきれず、何か話題がないかと雪宮へ話しかけた。

「えっと……う、歌、上手いんだな。驚いた」

「……よりによってその話を蒸し返すのね」

「……すまん」

「……はぁ。いえ、気にしないで。もう聞かれたのだし、今更言い訳するつもりはないわ」

いや、腹の虫が鳴った時、めちゃめちゃ言い訳してたよね、あなた。まあ、腹の虫と替え歌は全然違うってことなのかもしれないけど。

雪宮は、俺に歌を聞かれた件はもう気にしてないのか、ベランダの柵に手をついて空を見上げた。

「……お母さんが、歌が好きだったの。よくいろいろと聞かせてくれたし、一緒に歌ってくれたわ。即興で歌を作ってくれたし、いつも笑わせてくれたの」

「へぇ。いいお母さんだな」

「ええ。本当に……」

それきり雪宮の声が聞こえなくなり、思わず首を伸ばして、仕切り板越しに彼女の姿を見る。別にいなくなったわけじゃなく、ちょっと物思いに耽(ふけ)ってる感じだ。当時のことを懐かしんでいるのか……それとも、悲しんでいるのかはわからない。

「雪宮?」

「……え、あ。な、なんでもないわ。気にしないでちょうだい」

「……あいよ」

この感じ、これ以上は踏み込んでほしくないって感じだ。

一昨日も雪宮はそんなことを言っていたっけ。人のデリケートな部分には踏み込まない。自分も、踏み込んでほしくない。今の雪宮が、まさにそんな感じだった。

なんとなく気まずい空気を感じたが、不意に雪宮が「あ」と声を漏らした。

「それより八ツ橋くん。明後日は金曜日よ。忘れてないわよね、例の親睦会の件」

「ああ、生徒会室でみんなで飯食うってやつな。当然忘れてない」

弁当のメニューはもう決まってる。明日の夜から仕込み始めても、じゅうぶん間に合うだろう。弁当はいつも作ってるから、特に気合いを入れる必要はないけど、人に見られるかもしれないからな……しっかりしたのを作らないと。

……ん、あれ？　弁当？

「そういや雪宮、お前弁当どうするつもりだ？」

「…………」

仕切り板の向こうで、雪宮がそっぽを向いたままこっちを見ない。

おい、まさか……。

「まさかとは思うけど、何も考えてない、ってことは……」

「か、考えてるわよっ。……お惣菜買って、お弁当に詰め替えようと……」

あぁ……まあ、うん。なんとなく想定していた回答が返ってきたな。想定しうる中で、一番最悪の回答だけど。

ただお惣菜かどうかって、見る人が見れば一発でわかる。そうなれば、完全無欠で非の打ちどころのない雪宮氷花の絶対神話は崩れるだろう。

はぁ……仕方ない。

「俺が雪宮の分の弁当も作ってやろうか」

「いいの!?」

予想通り、食いついてきた。わかりやすいなぁ、雪宮。

「ああ。いつも弁当作ってるし、今更一人も二人も変わらないからな」

さて、そうと決まったら少し多めに材料を準備しないとな。

でも何を思ったのか、すぐに顔を引き攣らせて咳払いをし、首を引っ込めてしまった。

「や、やっぱり悪いわよ。夜ご飯も作ってもらってるのに、その上お弁当もなんて……」

「心配すんな。手間は変わらん」

「でも……」

「安心しろ。しっかり弁当分の材料費は請求する。それならウィンウィンだろ?」

というか、料理って一人分を作るより、二人分を作った方が楽だったりする。弁当用に作った残りは、休日の昼飯にしてもいいしな。

仕切り板を挟んで、雪宮はおずおずとこっちを覗いてきた。

「……じゃあ、お願いしようかしら……? よろしく、お願いします……」

「おう、任された。その代わり、好き嫌いは言うなよ」

「大丈夫。私、嫌いなものは納豆しかないから」

「なら今度は納豆料理を振る舞ってやるよ」

「えっ」

「冗談だよ」

「……八ツ橋くん、嫌いよ。ふんっ」

雪宮はぷりぷりしながら、部屋の中へ戻っていった。

あらまあ、怒らせちゃったか。ただ、この三日間俺を振り回してくれたお礼だ。にしし、今度マジで納豆料理食べさせよ。意外と美味いんだぞ、納豆料理。

……それにしても……仕切り板越しだったからか、いつもより素直な雪宮の一面を知れた気がするな。

今後は、落ち着いて会話をする時はベランダで話すのもいいかも……なんてな。

さて、俺も食器を片付けて、寝るとするかね。

第三話　親睦する隣人

ピピピピ――ピピピピ――。

「んっ……？　あぁ……もうこんな時間か……」

アラームの音で目が覚める。寝惚けた意識に活を入れて、アラームを止めた。

止めたのにも拘わらず、まぶたが開いてくれない。眠気という重力に引かれ合い、上まぶたと下まぶたが今にもくっつきそうだ。

思考がぼーっとする。あーくそ、ねみぃ～……。

昨日の夜、妙に気持ちが昂ってしまい、うまく眠れなかった。

それにプラスして、カーテンの隙間から射し込む春の陽光のせいで、余計に眠い。昔の人は、春眠　暁を覚えずとはよく言ったものだ。

……休みてぇなぁ……いや。ダメだ、ダメだ。黒波高校の頃は深い考えなしにサボったり授業中に寝ていたけど、今の俺は白峰高校の人間なんだ。少しでもサボったら、すぐ授業に置いてかれる。

……雪宮に土下座すれば取り返せそうだけど、それは俺のプライドが許さない。というか、今後一生雪宮に頭が上がらなそう。

……なんだよ、一生って。別に一生一緒にいるわけでもなし。

やっぱり思考が鈍い。余計なことを考えちまう。

と、とにかくだ。俺のできる範囲でできるところは、しっかりやらなきゃな。

冷蔵庫に入っていた食材で簡単に朝飯を済ませ、諸々の授業の準備をしていると、ちょうどいい時間になった。

雪宮に宿題を見てもらってよかった。これ、見てもらってなかったら、朝から宿題を終わらせるのに苦労していただろう。

さて、うだうだしてないで、学校に行くかな。

可燃ごみの袋を持って部屋を出る。……と、その時。

「ふあぁぁ～……え？」

同時に、隣から雪宮も出てきた。しかも大あくびをして。なんかデジャブを感じる。

ただ、気まずいものは気まずい。ここは先手必勝。俺から挨拶する。

「おはよう、雪宮」

「え、ええ。おはよう……」

思わぬ鉢合わせに硬直する雪宮。だが次の瞬間。雪宮は頬を朱に染めて睨んできた。

「……見た？」

「見た」

「即答するんじゃないわよ」

「いや、気にするな。もう見てしまったんだし、今更言い訳するつもりはないぞ」

「気にするかどうかは私が決めることなのだけれど。それにそのセリフ、昨日の私のセリフへの当てつけよね。怒るわよ」

「すまん」

バレたか。

雪宮はジト目で俺を睨みつけると、さっさと鍵をかけて俺の前をそそくさと歩いていってしまった。

「……今日は私が先に行くから、あなたは時間を置いて登校しなさい。一緒に登校するところなんて、見られたくないから」

わかりやすくツンツンしてるな。いや、お父さんと一緒のところを見られたくない、思春期の娘って感じか。

だとすると、俺がお父さんで……って、誰がお父さんだ。

「はいよ。行ってらっしゃい」

「……行ってきます」

挨拶は返してくれるあたり、本当に律儀(りちぎ)な子だ。育ちの良さがわかる。

でも。

「その前に可燃ごみ出し忘れんな」

「…………」

急停止した雪宮は、顔を真っ赤にして回れ右をして部屋に戻ると、ごみ袋を持ってそそくさと階段を下りていった。意外と抜けてるよな、雪宮って。

アパートの二階から、雪宮が歩いていくところを見送る。

ごみを出した雪宮はチラッと俺の方を見上げると、そっぽを向いて小走りで行ってしまった。

本当、どこからどう見ても憎たらしいくらいに可愛いな……ん？

不意に、目の端に異質な影がちらついた。

なんだ、あれ？

雪宮の後ろに、怪(あや)しいおっさんがいるな……スーツ姿に、マスクに、サングラス。いかにも不審者然とした格好だ。

電柱の陰に隠れて、雪宮の後ろ姿を目で追っているように見えるけど……え、まさかとは思うけど、ストーカーか？

……ありえる。雪宮って、黙っていたら超一級品の清楚(せいそ)美少女だし、どぎつい性格を知らない奴は一目惚(ひとめぼ)れするだろう。ストーカーの一人や二人湧くのも無理はない。

でも雪宮本人から、ストーカー被害に遭(あ)ったとかは聞いたことないけど……とりあえず、面倒なことになる前に何してるか問い詰めるか。

一階に下り、少し遠回りをしてから物陰に隠れているおっさんに近付く。

背格好は俺くらいだけど、体格がいい。下手(へた)に刺激したら返り討ちに遭うかも。

かばんにしまっている折り畳み傘をせめてもの武器として、おっさんに話しかけた。

「おい、あんた」

「ッ！」

えっ……あ、逃げた。しかも革靴のくせに、めちゃくちゃ足が速い。

俺が呆然としている間に、おっさんの姿はもう見えなくなってしまった。

「なんだったんだ、いったい……」

まさか本当にストーカーなんじゃ？　一応警察に通報して、警戒してもらった方が……いや、その前に雪宮と話をする方が先か？　警察には、雪宮と話してから相談に行くか。

ったく……ここ最近、雪宮のことでいろいろ起こりすぎだろ。

そっとため息をつくと、雪宮を追うように俺も学校に向かって歩き出した。

「は、葉月ッ、助けてくれぇ……！」

「淳也、鼻水キモい」

「親友に向かってなんてことを!?」

親友だから言ってやってんだよ。ええい近付くな、鼻水がつくだろうが……！

すでに見慣れた教室に到着するなり、淳也が泣きべそをかきながら助けを求めてきた。淳也がこうなることは予想済みだ。

「宿題についてだろ。確かにすげー量だったもんな」

「そう！　英語はギリギリ終わったけど、それ以外がマジで終わんなくてさあ！　まあ、どうせ葉月も終わんなかったんだろうけど。一緒に叱られようぜ」

失礼な断言だな、こいつ。俺が宿題をしてきてない前提で話してやがる。

まあ、俺も雪宮に教わらなかったらマジで終わらなかっただろうし、気持ちはわかる。こんな量の宿題が毎日出るって考えると、今からゾッとするな。

「終わってるぞ、宿題」

「……はん」

あ、こいつ鼻で笑いやがった。パンチくらえ。

「いで!?　何しやがる！」

「小馬鹿にした笑い方がうざかったから」

「いやいやいや。葉月さんよ、俺とお前がいつからつるんでると思う？　お前のことはよーくわかってる。嘘をつくのはよくないぞ。嘘つきはオオカミ少年の始まりって言葉を知らないのか？」

「それを言うなら、嘘つきは泥棒の始まりだぞ」

「あれ、そうだっけ？」

こいつマジで大丈夫か。

「見せてやろうか。一教科ジュース一本で」

「見せてください！」

ガバッ――！　こいつ、教室のど真ん中で土下座しやがったぞ。見ろ、女子たちがドン引きしてるぞ。これじゃあ彼女なんて絶対できないって。

「お前にはプライドのプの字もないのか。ぷー太郎か」

「だってよぉ！　先生たちみんなこえーんだもん！　昨日の授業、めちゃめちゃ厳しかったじゃん！」

「まあ、確かに」

先生に当てられて答えられないだけですごく睨まれるからなぁ……まだこっちに来て数日だし、進学校式の授業に慣れてないのもあるけど。

「ほらよ。さっさと返せよ」

「おぉっ、神よ……！」

淳也は涙を流しながら宿題を受け取ると、すぐに自分の席に戻って写し始めた。

あいつ、確か学校終わりにバイトもしてるんだっけ。バイトしながらこの量の宿題は、本当に大変そうだ。

「へー、やさしーんだ。男同士のゆーじょーってやつ？」

「男同士というか、単純に親友だから見過ごせないというか……ん？」

あれ、今俺誰と話してるんだ？

声のした方を振り向く。と、いつの間にか俺の前の席に座っていた黒月と目が合った。しかも、超々至近距離で。少し体勢を崩したら鼻キスしちゃいそうなほど近い。女子校の距離感なのかわからないけど。男子校出身者にそれをやるな。死人が出るから。

でも黒月は何も気にしていないみたいで、可愛らしくニカッと笑った。

「ぬへへ。はづきち、おっはー」

「お、おは、よ……っ!?」

近っ、ちょ、えっ……!?　近すぎて一瞬反応遅れたけど、今の距離はやばいだろっ！

思わず仰け反って距離を取るが、黒月はけたけたと笑うだけだ。いや気にしろよ。男女なのにあの近さだぞ。

「なに、意識しちゃってんの？　かーわいっ。あんな距離、女子同士では当たり前だって」

「俺、男の子！」

「あ、そーだったね。幼なじみだからまったく気になんなかった」

気にして！　そこは頼むから気にしてください！

しかもお前、谷間が丸見えになるくらいボタンをオープンにしてるのに、ナチュラルに机に乗っけるな！　眼福だけど、目のやり場に困るんだよ！

淳也の奴も、宿題そっちのけでこっちガン見してるし！　お前そんなことより宿題終わらせやがれ！

「あら～？　にしし、ほんとーに男子校育ちの男の子って、女子に耐性ないんだね」

「からかうな。思春期の男子はみんなこんなもんだからっ」

「そーなん？　なら……もっとからかおうかな」

俺にしか聞こえない声と、俺にしか見えない角度で、チラッとシャツの胸元を少し広げた。

その奥に見える、ヒョウ柄のブラジャーがとてもセクシーで……って！

「お、お前に恥じらいという言葉はないのか……！」

「幼なじみ相手に恥じらうとか特にないかなー。ふつーって感じ？」

あ、そうですか。俺だけ意識してるみたいで、ちょっと悔しい。

でも教室でそういうのはやめた方がいいと思う。俺はともかく、他の男子がこっちを血眼で見てるから。角度的に見えてないとはいえ、あいつらの妄想力は逞しいぞ。

しかもガン見じゃなくて、ちらちらちらちらと……おいお前ら、そんなんじゃバレバレだからな。下心丸見えだぞ。

わざとらしく咳払いをして馬鹿どもを睨むと、一斉に視線を逸らした。気持ちはわかるけど、幼なじみをそういう目で見られるのは、ちょっとイラッとする。……別に独占欲ってわけじゃないけどさ。

「で、なんの用だよ？　黒月って別のクラスだろ」

「別に、なーんも。まだ友達来てないし、暇だからはづきちをからかおーと思ってさ」

「暇潰しで男心をもてあそぼうとしてくるな」

「いーじゃん。ウチとはづきちの仲でしょ？」

よくない。まったくもって、よくない。会ってなかった期間がどれだけ長いと思ってるんだ。

しかもめっちゃ美少女になってるし。

バレないように内心でため息をついていると、黒月は「で」と少し前のめりになった。

「どう、はづきち。ドキドキした？」

「ぅ……した」

「ぬへへ。やり～」

太陽のような笑顔を見せ、ダブルピースを向けてくる。

くそ、普通に可愛いな。雪宮とは別ベクトルの可愛さというか、人懐っこい感じというか。

雪宮が猫なら、黒月は犬っぽさがある。

俺をからかうのに飽きたのか、それとも満足したのか。黒月は手鏡を使って前髪を直しながら話しかけてきた。

「ねーはづきち。はづきちって、実家から通ってるの？　でもめちゃ遠くない？　一時間ぐらいかかるよね？」

「あー……いや、一人暮らししてるんだ。親に頼んで、金出してもらった」

「へー、よく許されたね。そんなに仲良かったっけ？」

「……興味ないだけだろ、俺に」

黒月は俺の家の事情というか、家族仲のことを知っている。俺も家事をしてる以外のときは、よく黒月と一緒にいたし、泣いてるところを慰めてもらった覚えもある。

だからこういう聞き方をしてきただけなんだろうけど、そんなふうに踏み込まれると……ちょっと、嫌だ。

……これが、雪宮の言ってたことなんだろうな。自分の触れられたくないところに土足で踏み入られる感覚、か。

俺の言葉に、黒月はやっちまったっ、という顔をした。

「ぁ、えっと。ごごごご、ごめんっ。そういうつもりじゃなくてね……！」

「あ、大丈夫。大丈夫だよ。わかってるから」

黒月が……いや、よっちゃんがそういう性格じゃないっていうのは、俺が一番知っている。

かつては人の顔色を窺(うかが)ってばかりいて、消極的だった黒月。むしろ、がつがつものを言うようになって、俺としては嬉しかったりする。昔は本当に、俺の後ろをついてくるだけみたいな子だったからな。

ただ、黒月は本当に気にしているみたいで、しゅんとしてしまった。こういうしゅん顔は、昔から変わらないな。

この話はもうよそう。これ以上は余計に互いを刺激しちゃうから。

「それより、おじさんとおばさんは元気か？」

「あ……う、うんっ。昨日はづきちのこと話したら、今度うちに来てもらえってさ」

あからさまに話を逸らしたけど、意図を察して笑顔を見せてくれた。

やっぱり、黒月は笑顔がよく似合う。

「そうだな……ま、いろいろと落ち着いたら遊びに行くさ」

「いつでも来てよ。パパとママも喜ぶからっ」

確かに、昔はよくお世話になってたっけ。これを機に、ちゃんとご挨拶しないとな。

当時のことを懐かしんでいると、黒月は妙に指をもじもじさせて、俺の方をチラ見してきた。

え、なに？

「そ、それよりさ〜……う、ウチがはづきちの家に遊びに行きたいな〜、なんて……」

「ダメ」

「即答!?」

「絶対ダメ」

「そ、そんなに嫌がらなくてもいいじゃんか……！」

いやいや、一人暮らしの男の部屋に女子一人で訪ねるとか、何考えてんだ。ダメに決まってんだろ。

……雪宮については特例ってことで。隣人だし。

あと下手すると、雪宮の隣に住んでることがバレる。それだけはあってはならない。絶対にダメだ。

頑(かたく)なに拒否する俺に、黒月はムスッとした顔で睨んできた。全然怖くないけど。むしろ可愛いな。

「むぅ……けち」

「けちで結構。ほれ、そろそろホームルーム始まんぞ。自分のクラスに帰れ」

「あーい」

黒月は勢いをつけて立ち上がり（一瞬捲れたスカートに目が吸い寄せられたのは内緒）、べっと舌を出して教室を後にした。子供か、あいつは。

嵐のように去っていった黒月を見送り、授業の準備を……。

「は～づきく～～～～～～～ん」

「うお!?」

な、なんだ淳也か……いきかり後ろから話しかけてくんな。ビビるだろ。

「な、なんだよ。なんか怖いぞお前」

「俺だけじゃねぇ。こいつらを見ろ」

「は？　うわっ、キモッ！」

「「「「しばくぞ！」」」」

いつの間にか、クラスの男子全員が俺の周りに立っていた。

全員目を血走らせ、涙を流して拳を握っている。ちょ、下手な恐怖映画より、本当に怖い。

普通にホラーだ。

「俺らはまだ女子と話すどころかっ、目を合わすこともないってのに……！」

「八ツ橋、テメェはあんなかわゆいギャルと……！」

「しかも噂の女神様とも生徒会の繋がりがあるって言うじゃねーか」

「許さない許さない許さない許さない許さない」

ちょ、本気の呪詛はやめて！

あーもうっ、落ち着けお前らー！


「あぁ……しんど」

結局今日一日、ずっと男子たちに追いかけられまくった気がする。

いや気がするじゃなくて、ガチで追いかけられた。そのせいで学年主任から怒られたんだけど。いや、なんで俺も？

授業もついていくのがやっとだし、その上男子たちからの嫉妬の視線がつらい。精神的に削れた一日だった。

「ちょっと、大丈夫なの？　平気？」

「ん……まあ、なんとか」

自宅のソファでだれてると、部屋に訪ねてきていた雪宮が心配そうに顔を覗き込んできた。

なだらかな双丘の向こうに、可愛らしい顔がよく見える。

まさか雪宮が心配してくれるとは……ちょっと感激。

「今日の私の夕飯と明日のお弁当、作れるの？」

「そっちの心配かよ」

俺の感激を返して。

時計を見ると、もう十八時を回っていた。確かにそろそろ作り始めないといけない時間だ。

だるい体に鞭打って立ち上がり、キッチンに向かう。

雪宮も、まるで親鳥について回るひな鳥みたいに後ろから追ってきた。何を作るのかわくわくしているみたいだ。

「じゃ、作るか。今日はオムライスにするから」

「オム……!?」

「好きか、オムライス？」

「！（こくこくこく）」

雪宮は目を輝かせて何度も頷く。

よっぽど好きなんだな……やっぱり子供っぽいものが好きと見た、俺の目にくるいはなかった。

となると、明日のお昼はもっと喜んでもらえるかな。

「作り方は見せるから、今日のところは見学な」

「ええ。卵はふわふわトロトロじゃないと許さないわよ」

「安心しろ。ふわトロだ」

「さすが八ツ橋くん」

エプロンを身に着け、メモ帳を片手にやる気満々だ。

俺も自信たっぷりに言ったけど、オムライスって結構難しいんだよな。ふわトロを保つため、中まで火を通しすぎないようにしないといけないし。

今日はあれやこれやを指示する前に、まずは一通りやってみることにした。

まずはミックスベジタブルと一口大に切った鶏肉、ご飯を炒め、ケチャップや塩コショウ等で味付けをしたチキンライスを作る。

すぐに別のフライパンで、オム部分を作っていく。

できるだけ卵を、外はふわふわ、中はトロトロにしていき、楕円状に丸める。

熱が入りすぎて固くなる前にチキンライスの上に乗せ、真ん中を切って広げると……まさに、お店のようなオムライスの完成だ。

最後にケチャップを真ん中あたりにたっぷりとかけて、っと。

「ほい、完成。シンプルオムライスだ」

「す、すごい……！　たまごがキラキラしてる。宝石みたい……！」

「そう言ってくれると嬉しいな。それ食べていいぞ」

「ほんと？　ならちょっと待って」

「え？」

雪宮は爪楊枝を取り出すと、メモ帳に何かを書いて……何やってんだ？

それを四角く切って、テープで爪楊枝に貼り付けると……あ、まさか。

「はい、完成よ」

「旗か。お子様ランチなんかのオムライスに刺す」

「ええ。ほら見て、にゃんこよ」

「……にゃんこ?」

いや……これ、にゃんこか?

う、うん……デフォルメされているみたいだけど、お世辞にもにゃんことは言えない。まあ百歩譲って……ギリギリ……やっぱり見えない。

前も思ったけど、雪宮って絶妙に絵が下手なんだよな。

俺は、結構授業中に落書きとかしてたから、無駄に絵は上手かったりする。

だが俺のリアクションがお気に召さなかったのか、雪宮はずいっと俺の前に旗を突き出してきた。

「どう見てもにゃんこでしょ。ほら、よく見なさい」

よく見ても、にゃんこではないと思うんだが……これ以上このことを言及するのはよそう。

「……はよ食え。冷めちまうから」

「ねえねえ。にゃんこよね、これ。ねえったら」

「食わないなら俺が食うぞ」

「だめ!」

雪宮は奪われまいと、いそいそとオムライスをリビングに持っていき、お手製の旗を立てて俺をドヤ顔で見てきた。

「旗、羨ましいでしょ。ふふん」

「はいはい、羨ましい羨ましい」

キッズか、こいつは。

珍しくテンションの高い雪宮は、スマホで何枚か写真を撮ってから手を合わせた。

「いただきます」

「おう、召し上がれ」

さて、雪宮のお口に合うかな。……雪宮なら、なに食っても美味いって言いそうだけど。

「ぱくっ。……～～～～ッ！」

目をギュッと閉じて、ぶんぶんと両手を振る雪宮。相当お気に召したようだ。これだけ喜ばれると、作った甲斐があったな。

「美味いか？」

「……及第点ね」

なんでだよ。どう見ても美味しいって顔してんじゃん。心なしか、いつもより鼻息荒い気もするし。素直じゃないんだから、まったく。

さて、俺の分も作って……あ、そうだ。今朝のこと伝えておかないと。

「忘れてた。雪宮、お前ストーカー被害とか遭ってないか？」

「え、あなたから？」

「ちげーよ」

「冗談よ」

こいつ。言っていいことと悪いことくらい区別つくだろう。

「傷付いた」

「え、あ。ごめんなさ……」

「冗談よ」

「……いい度胸してるわね」

あ、やべ。怒らせた？　でも慌てた顔のこいつ、ちょっと新鮮だったな。

雪宮はジト目で俺を睨むと、そっとため息をついて首を横に振った。

「冗談って言いたいところだけど、初顔合わせのあとに隣に越してきたって言われたら、そう思うのが普通でしょ？　私、可愛いし」

「ぐうの音も出ねぇな」

雪宮の言うこともわかる。俺も逆の立場だったらそんなふうに疑っていたと思うし。……悔しいが、可愛いのも認める。

「そうじゃなくて、リアルに」

「いえ、今までそんなことないけど……何かあったの？」

「今朝、雪宮のことをガン見してたおっさんがいてさ。声をかけたら即逃げた」

「なんでそんな大事なこと忘れてたの!?」

ごもっともです。何を言っても言い訳にしか聞こえないから言わないけど、学校で馬鹿どもに追いかけ回されていて、話す暇がなかったんだよ。俺だってあんなことがなければ、普通に報告したわ。

額を押さえた雪宮だったが、すぐに切り替えて思案顔になった。

「でも、ストーカー……全然心当たりはないわ。本当に今まで特に被害もないし」

「そうか……これ食ったら警察行ってくる。念のためにな」

「わ、私も行くわ」

「いや、一人で大丈夫だけど……」

「だめ、私も行く。その方が信憑性も高まるでしょ？　そうね、それがいいわ」

……？　何をそんなにまくし立てて……あ、そうか。そうだよな。一人で留守番することになるし、雪宮だって怖いはずだ。もし俺が警察に行っている間に何かあったら……想像もしたくもない。

「そうだな、一緒に行くか」

「ええ、そうしましょう。……何よ、その生温かい目は。べ、別に怖くないわよ。怖くないけど、むしろあなたが不審者に間違われるかもしれないでしょ。私はあなたのためについていくの。……ね、聞いてる？　本当よ？　本当だからね？」

◆翌日◆

警察への相談を問題なく終え、しばらくこの付近をパトロールしてもらえることになった。

完璧ではないけど、これで少しは雪宮も安心できるだろう。あとは登校したら、一応先生にも言っておくか。

っと、その前に、用意した弁当を雪宮に持っていってやらないと。

なんだかんだあったが、今日は生徒会の親睦会という名目の食事会だ。これは雪宮専用のお弁当箱になる。

もちろん女子用にコンパクトな弁当箱を買った。あとでこれの代金も請求してやる。

チャイムを押すと、すぐに雪宮がドアを開けた。まるで俺が来るのを今か今かと待っていたみたい。ご主人様の帰りを待つペットか、こいつは。

「待たせたわね」

「別に待ってないぞ。ほれ、今日の親睦会用の弁当」

「お弁当……！」

雪宮は目をキラキラさせ、俺から弁当を受け取る。すげー嬉しそうだな。これだけ喜ばれると、俺まで嬉しくなるな。

「中身は開けてからのお楽しみな」

「わ、わかってるわよ。それがお弁当の醍醐味だものね。ネットで検索したわ」

「……まさかとは思うが、弁当って一度も作ってもらったことない？」

「ええ。いつも専属シェフの作る料理か、学校の食堂だもの」

ああ、そうか。こいつって普通にお嬢様なんだっけ。専属シェフの作る料理とか、リアルで初めて聞いた。自分自身料理を嗜む身としては、後学のために一度は味わってみたいもんだ。どんだけ美味いんだろうか。

「ま、シェフには劣ると思うけど、味は保証するから」

「だ、誰もまずいなんて言ってないでしょ。いつも作ってもらってるんだし……ありがとう、大切に食べるから」

「お……おう」

そんなふうに言われると、こそばゆいんだけど。なんとなく決まりが悪くなり、雪宮から視線を逸らす。

「あー……が、学校、行くか」

「そ、そうね。ちょっと待ってて」

雪宮は部屋に戻ると、かばんを持って出てきた。

大事そうにかばんに弁当箱をしまい、きりっとした顔で俺を見上げてくる。

「それじゃあ、行きましょうか」

「ああ」

雪宮が先を歩き、俺が数メートル後ろをついていく。

こうして登校するようになったのは、昨日警察に相談したのが理由だ。

警察も警戒してくれるそうだが、それでも限度がある。だからなるべく、知り合いと一緒に行動した方がいいらしい。

でも雪宮からしたら、一緒に登校するのは嫌ということで……妥協（だきょう）案として、俺が数メートル離れてついていくことになった。

これじゃあ、本当にストーカーみたいじゃねーか。

でも雪宮を一人にして、何か事件に巻き込まれる方が心配だし……しばらくは、これで我慢だな。

そのまましばらく歩いていると、大通りに出て同じ学校の制服の奴らがちらほら見えてきた。

ここまで来たら、ほぼ安心だろう。

ほっと一息ついていると、雪宮を見た女子生徒たちが、小走りで彼女に近付いてきた。

「雪宮さん。ごきげんよう」

「ごきげんよう」

「生徒会長、今日もいい天気ですね」

「本当ね」

……あいつ、にこやかに話しかけてくれる女子生徒にも、ちょっと冷たくないか？

もう少し世渡りの仕方を覚えろよな。俺、別の意味で心配になるわ。

そっと嘆息し、雪宮を追い越すように歩みを速める。こんな大通りで、みんなに囲まれてるんだ。もう俺が見守る必要もないだろう。

横目に雪宮の方を窺（うかが）うと、雪宮も俺を横目で見ていて目が合った。

ちょ、こっち見んな。俺も人のことは言えないけど。

雪宮から視線を外し、もう少しだけスピードを上げようとした、その時。

「おーい、はーづきちゃんっ」

「うげっ」

いってぇ……！　急に背中叩いてくんな、馬鹿淳也。

振り返ると、にやにや顔の淳也が肩を組んできた。マジで暑苦しいからやめろ。

「はいよ、これ約束のジュース。あと、今日の分」

「今日もかよ。昨日の宿題、割と少なかったろ」

「宿題が少ないのと、宿題を終わらせられるのは別問題だぜ。てなわけで、見せてくれプリーズ」

「クズ野郎め。学校着いたらな」

「やりぃ！　へへ、あざーっす！」

調子いい奴だな、まったく。黒波(くろば)時代からなんも変わってない。

あと、この流れだと……。

「まぁ、見てくださいい雪宮さん。男の子同士の友情ですよ……！」

「え？　そ、そうね」

「雪宮さんは、どちらが攻めだと思います？　やはり水瀬(みなせ)くん……茶髪の彼かしら？」

「せ、せめ……？」

「はづじゅんですよね！　水瀬くんの受けですよね！」

「いいえ、じゅんはづです！」

「はづじゅん……？　じゅんはづ……？　うけ……？」

あそこの貴腐人たちの妄想が止まらなくなるから、マジで離れて。

それと、そこの貴腐人ども。雪宮に変な知識を植えつけるな。これから放課後、どんな顔で会えばいいのかわかんねーじゃねーか。

「女子たち、何を言ってるんだろうな。やっぱお嬢様学校の生徒だっただけあって、難しい話とかしてるんだなぁ」

「十割オタ話だけどな。主にお前のせいで」

「は？」

自覚がないとか怖い。

淳也の手を肩からどかすと、雪宮から離れるように急いで学校に向かった。

「あ、そういや、今日の昼に体育館でバスケするんだけど、葉月も来るか？」

「パス。今日生徒会で、昼に集まることになってるから」

「え、マジ？　昼休みまで生徒会とか、大変だな。こうして社畜が生まれるわけか」

「誰が社畜だ。俺、働きたくないんだけど」

「ほう。将来の夢はヒモか」

「人聞きの悪い。専業主夫と言ってくれ」

俺の人生の目標は、できるだけ働かずに生きることだぞ。あんな仕事に追われてる親を見たら、働く気もなくすわ。

「でもよ、この学校なら逆玉の輿（こし）狙えそうじゃね？」

「いやいや、無理だろ」

「どうしてよ」

「俺らが向こうを好きになっても、向こうが俺らみたいな野蛮人好きになると思うか？　常識的に考えて」

「……まあ、無理だな」

「だろ。向こうはいいとこのお嬢様ばかり。相応の相手と結婚するに決まってる。それこそ大企業の御曹司（おんぞうし）とかな」

「世知辛（がら）い世の中だぜ……」

それは言えてる。

時間はあっという間に過ぎていき、昼休みになった。

俺たち黒波側の生徒会メンバーと、白峰側の生徒会メンバーともに、生徒会室に集まっている。このメンバーで顔を合わせるのは、今日で二回目だ。

ホワイトボードの前に立つ雪宮は、集まったメンツを見回してゆっくり頷いた。

「それでは第一回親睦会として、食事会を始めさせていただきます。皆さん、お弁当は持ってきましたね？」

雪宮の言葉に、全員小さく頷いた。各個人の前には、弁当箱が置かれている。もちろん、雪宮の前にも、俺が今朝渡した弁当が置かれていた。ちゃんと気に入ってくれるか……そわそわするな。

「ですが、このままだと単に食事だけをして終わってしまうと思います。なので、これから席替えをしようと思います」

ほう、席替えか。確かにこのままじゃあ、俺たちは俺たちで。向こうは向こうで固まって食べることになるし、いいアイデアだな。

いつの間に用意していたのか、雪宮が男女別に分けた二つのボックスの中に入れてある各生徒会メンバーの名が書かれているらしき紙を交互に引き、ホワイトボードにその名前を円を描くように記入していく。

どうやら机の配列を円形に並べて、男女が互い違いになるようにしているみたいだ。

ふむふむ。確かにこれなら、男女でそれぞれ固まることはなくなる。半ば強制的に会話もしなきゃならなくなるし。親睦会の意味もあるだろう……が。

「「「あば……あばばばば……!?」」」

問題は、ド緊張しているこいつらなんだよなぁ……。

もちろん俺だって緊張はするけど、ここまで緊張はしない。普段から雪宮と話しているからな。でも、こいつらがまともに女子と会話できるか……そこだけが心配だ。

「おいお前ら。緊張するのは仕方ないけど、ちゃんと親睦深めろよ。普通に話をするだけでいいんだ。普通に」

「ででででもよ、会長……！」

「でもじゃない。覚悟決めろ、男だろ」

「うぐっ……」

まったく、変なところでチキンなんだよな、こいつら。普段から彼女欲しい、彼女欲しいって喚いてるのはどこのどいつだ。

変に緊張しているこいつらを横目で見ていると、席の並びを記入していた雪宮が手を叩いた。

「はい、席順が決定したので、移動してください」

お、決まったか。どれどれ、俺の席はどこかなーっと……。


……【雪宮】【八ツ橋】【黒月】……


…………。

おい、これはなんの冗談だ。陰謀か？　それともいやがらせか？

席順を決めた雪宮を見ると、思い切り目を逸らされた。こいつまさか……やりやがったな。

俺以外の男と話すのが無理だから、インチキして俺を隣にしやがった。親睦会なのに、親睦すする。

俺がクレームを入れる前にさっさと進めやがった。雪宮の言葉に、全員が困惑しつつも移動

「これで最終決定です。では、移動を」

る気ねーじゃねーか。

はあ……仕方ない、俺も移動するか。

弁当を持って移動すると、左隣に雪宮が、右隣に黒月がやってきた。

「ぬへへっ。はづきちと一緒にご飯なんて、ひさびさだし！」

「だな。まあ俺だけじゃなくて、隣の奴とも話してやってくれ」

「わかってるよぅ。君、黒波の書記くんだっけ？　よろよろ～」

黒月の左隣……黒波の書記が、がちがちに緊張してロボットみたいに頷く。

お前、どんだけ緊張してるんだ。まあ女子に耐性がないのに、いきなり美少女ギャルと隣に

なるって、そりゃあ緊張するか。

「あっはー！　緊張しちゃってんだ、かわいーじゃん♪」

「はひ!?　ぃえ、しょの……！」

……ま、あっちはほっといて大丈夫か。それより、こいつだ。

横目で雪宮を見ると、素知らぬ顔で前を向いていた。こいつ……知らぬ存ぜぬを貫くつもり

か。

少し雪宮に顔を近付け、なるべく小声で、こいつにしか聞こえないように話しかけた。

「おいコラ雪宮。この並び、ズルしただろ」

「なんのことかしら」

「今日の夜は納豆料理な」

「ごめんなさいやりました」

「素直でよろしい」

だったら最初からそう言えばいいのに。まったく……。

俺が呆れ返っていると、雪宮は気まずそうに視線を落とした。

「わ、私が他の男子生徒と話しなんてしたら、空気悪くするだけで終わってしまうでしょ。それじゃあ親睦会の意味もなくなってしまうし……」

「その通りだけどさ。仲良くする努力しろよ」

「無理ね。私がつんけんしててもまともに話せるの、あなたしかいないから」

「それ褒めてる？」

「ええ、もちろん」

褒められてるように聞こえないのは気のせいだろうか。

そっとため息をついていると、全員に注目を促すように雪宮が席を立った。

「それでは、食事会を始めます。皆さん、手を合わせてください。……いただきます」

「「いただきます」」

雪宮の挨拶に、全員が復唱する。もう決まってしまったもんはしょうがない。今日はこのまま、昼飯を楽しむとしよう。

弁当箱の蓋を開けると、まず目に飛び込んできたのはメインになる唐揚げ。それぞれ一口サイズで小さいが、結構な量が入っている。

それにキャベツの千切りとポテトサラダが彩り、弁当の定番である卵焼きは外せない。

ご飯は白飯ではなく、たけのこの炊き込みご飯だ。まさに旬のものだし、ちょっと奮発して作らせてもらった。

一応雪宮の方には、別のタッパーにイチゴも入れてある。これも今が旬だ。

以上。俺特性のシンプルイズベストな弁当である。

「うわっ！　はづきちのお弁当、うっまそー！　え、一人暮らしだよね？　これはづきちが作ったん？」

「ああ。まあな」

「すご！　え、ちょっとちょうだい！　ウチのたこさんウインナーあげるからさ！」

「はいはい」

「やりー！」

黒月は嬉しそうに唐揚げを頬張ると、幸せそうに満面の笑みを浮かべた。冷めていても美味しいみたいでよかった。

さて、肝心の雪宮はどうだ？

「…………！」

まだ口を付けてはないけど、目をキラキラさせてる。どうやらお気に召したようだ。好物だって言ってたし、唐揚げにして正解だったな。

自分の作った弁当が人に喜ばれるって、やっぱり嬉しいもんだ。

俺も手を合わせると、唐揚げを口に放り込んだ。

「ん……美味いな」

「だしょ!?」

「なんで黒月がそんなに嬉しそうなんだ」

「ぬへへ。いやあ、はづきちが嬉しいと、ウチも嬉しいというか……ね？」

「なんだそりゃ」

ちょっと気恥ずかしくなり、黒月から視線を逸らして卵焼きを食べる。

うん、いい甘さだ。甘すぎもなく、俺好みの甘さである。

咀嚼（そしゃく）しながら周りを見渡すと、ちょっとずつだけどみんなも話が弾（はず）んでいってるみたいだ。

よかった。これで俺たち以外、全員沈黙だったら、地獄絵図になっていただろうから。

男子たちには少しのぎこちなさもあるけど、最大限丁寧（ていねい）に接している。これなら問題なさそうだ。

「おぉっ、さすが雪宮会長。美味しそうなお弁当ですね」

「そ、そんなことないわよ。普通よ、普通」

そんな声が聞こえて雪宮の方を見ると、二人の女子が雪宮の弁当箱を覗き込んではしゃいでいた。

普通で悪かったな、普通で。

そんな俺の視線を察したのか、雪宮は目を逸らした。おいコラこっち見ろ。

「わ、私の方はいいから、みんな自分の席に戻りなさい。今日は親睦会なのよ」

「はーい。その代わり雪宮会長、今度お料理教えてくださいね」

「わかったから早く戻りなさい」

「それでは、また」

雪宮の一声で解散していく生徒会女子メンバー。

それはいいんだが、こいつ料理教える約束しちゃったぞ。いいのか？

……あ、無理そう。助けを求める目を向けてくる。

仕方ないな……今度、簡単に作れる料理のレシピでも考えてやるか。

と、今度は黒月が雪宮の弁当に興味を持ったのか、俺の方に身を乗り出してきた。

ちょ、黒月。そんな前のめりになるなっ。お前のおちちが重力に負けて、俺の目の前で大変なことになってるから……！

「ねーねー、氷花(ひょうか)ちゃんっ。氷花ちゃんはどんなお弁当なのー？」

「黒月副会長。ちゃんと座って食べなさい」

「いーじゃんちょっとくらいー。……あれ？」

黒月が雪宮の弁当を見て首を傾(かし)げた。

ん？　何かおかしいところあったかな。結構気を張って作ったんだけど。

俺も雪宮の方を見る。

……特に変わった様子はない。普通の弁当だけど……？

「ねえ、氷花ちゃんのお弁当とはづきちのお弁当、似てない？」

「「…………」」

…………。

……………………。

……………………あ。

「そんなことないぞ」

「でも唐揚げとポテサラと卵焼きと……」

「いやいやよくある弁当だから。偶然の一致だろ」

「ぐーぜんでたけのこご飯も被んの？」

「よくあるからな。炊き込みご飯とか」

って、これ以上ガンガン追及されるのはまずいっ。

自分の弁当を摑むと、ガツガツと掻き込むようにして頬張った。

「あ！　はづきち、行儀悪い！」

「男子高校生はみんなこんなもんだ。それに惣菜パンも買ってきてあんだから、早く食わないと時間なくなっちまう」

「うわ、太るよそれ」

「男子高校生って、何食っても太らないから」

「男子高校生の言い訳万能すぎない!?」

「お前もさっさと食わないと、弁当が男子高校生の胃袋に入んぞ」

「ダメ！　これウチのだし！」

俺と黒月がギャーギャー言いながら昼飯を食べていると、それがいい方へ転んだのか、みんなからも緊張感が取れたようだ。

今では普通に隣の席の人と話している。黒月も、別の男子と楽しそうに会話していた。

それに乗じて、俺も雪宮へ話しかける。

「悪かったな、普通で」

「あ、あれはその場の勢いで……」

「わかってるって。俺だって同じこと言われたら、雪宮と同じように答えるさ」

「……嫌な人ね」

「うっせ」

「冗談よ」

雪宮は唐揚げを摘むと、味わうように咀嚼する。

本当、雪宮の考えてることがわからん。

空になった弁当箱をかばんにしまうと、買っておいた惣菜パンにかじりつく。初めて購買のパンを食ったけど、美味いな……たまにはいいな、こういうパンも。

惣菜パンに感動していると、お茶で喉を潤した雪宮が、口を開いた。

「……いつもは、なかなか言えないけど」

「あん？」

少し言いづらそうに口をもごもごさせている。

雪宮はちらっと俺を横目で見上げ、続きを口にした。

「……美味しいわ。今日のお弁当も、これまでのご飯も……ありがとう。感謝しているわ」

「……そっか」

思わぬお礼の言葉に、それしか反応できなかった。

いつもこれくらい素直なら、可愛げがあるんだけど……頑張った甲斐はあったかな。

「ええ。……もう言ったから、今までのはチャラね」

「これからも言えばいいだろ」

「どうかしら。気が向いたら、やぶさかでもないわね」

こいつ……やっぱり雪宮のこと、わかんねぇわ。

雪宮といつも通りの軽口を叩き合っていると、黒月がじーっと俺たちの方を見ているのに気づいた。

え、そんな大きな声で話してないけど……なんだ？

雪宮も気がついたのか、黒月を見て首を傾げた。

「黒月副会長、どうかしました？」

「んー……？　いやぁ。なんか二人とも、仲良くなったなーって思って」

「……そう？」

いや俺に振られても困るんだが。

仲良く……仲良く、か。仲良くなっているんだろうか、俺たち。

流れで、なんやかんや毎晩顔を合わせて、いろいろ教え合って、皮肉を言ったりお小言を言ったり……仲良くはないな、うん。

「いや、仲良くないと思うぞ。知り合ってたかだか一週間しか経ってないから、あんまお互いのこと知らんし」

「そっかなー？　なんか……雰囲気？　距離感？　そーいったものが、前よりいい感じだと思うよ。こないだの階段の時より、会話してるし」

ああ、黒月が幼なじみのよっちゃんだってわかったあの時か。

まあ確かに、あの時点ではまったくと言っていいほど雪宮と関わりはなかったから……それに比べたら、幾分かは距離が縮まった気がする。

でもそれだけだし、そこからそんなに仲良くなってるはずもない。

「気のせいだろ、やっぱり」

「そうね。黒月副会長の気のせいよ」

俺の言葉に、雪宮も同調する。同じことを考えていたみたいだ。

けど黒月は納得していないのか、腕を組んで首をひねっている。

「っかしーなー。ウチってそーいうのに敏感なはずなんだけど。距離とか、空気とか……」

とか言いつつ、黒月は自分の弁当を口にする。

敏感って、まだまだわかってないな。人ってのはそんな簡単に仲良くなるものじゃないんだよ。子供ならいざ知らず、高校生ってのは多感な時期なんだ。

と、黒月は何を思ったのか、俺の顔を下から覗き込んできた。

「じゃーさ、じゃーさ、ウチらは仲良いよね。なんて言っても幼なじみだし？」

「人生の半分も離れてて、最近偶然再会しただけなんだ。仲良しとは言えないだろ」

「でも昔は毎日のように遊んでたじゃん」

「遊んでたというか、お前が俺の後ろをくっついてきてたというか……」

「何をぅ！」

じとーっとした目で睨んでくる黒月を無視してパンにかじりつく。まあまあ、落ち着けよ。事実じゃないか。

いつも通り（？）、黒月と軽口を叩き合っていると、二人の女子が目の端でこそこそ話している声が耳に入った。

「やっぱり黒月副会長って、ちょっと殿方と近くありません？」

「殿方が近くにいるから、媚(こ)びているんじゃ……」

「あんなに胸元と脚を露出させて……はしたないと思わないのかしら。同じ淑女(しゅくじょ)として恥ずかしいですわ」

……イラッ。

なんだよ、それ。人が自分のしたい格好をするのが、そんなに気に食わないか？　自分たちが品行方正な態度を心掛けているからって、それを他人に強要するのは間違っているだろう。同じ生徒会の仲間なんだから、仲良くしろよ。……俺と雪宮のことは棚に上げさせてもらうけど。

回りを素早く確認すると、二人の悪口が聞こえていたのか、近くにいる奴らにも少し緊張が走っている。それが伝播し、生徒会室の空気が微妙なものになっているのがわかった。これじゃあ、親睦会もクソもない。

とにかく、今回だけは許さない。これじゃあ黒月が可哀想すぎるし、せっかく懇親会を企画してくれた雪宮の面目も潰すことになる。それだけは、あってはならない。

立ち上がって二人に詰め寄ろうとすると、机の下で黒月と雪宮が俺の服を引っ張り、首を横に振った。

「ゆ、雪宮。黒月」

「座ってなさい」

「そだよ。だいじょーぶ。ウチ、もう慣れてるし」

……馬鹿。慣れてるって言ってる奴の顔じゃないんだよ、お前は。

女子の中で一人だけ浮いてても、その格好を通していることに理由があるのか、ないのか……それは俺にはわからない。

でも、黒月が我慢していい理由にはならない。黒月が非難されていい理由にはならないだろ。

決めた。やっぱりここは俺が、男として一発ガツンと言って――

「いい加減にしなさい」

ぴしゃりッ。

そんな効果音がピッタリというか。雪宮のたった一言で、教室の空気が凍った。

なんでこんなに緊張感が漂っていたのか知らない面々も、いきなりの雪宮の言葉に困惑している。

雪宮がさっきまで悪口を言っていた二人をジロッと睨むと、彼女たちは体をビクつかせながらも苦笑いを浮かべた。

「そ、そうですよね。雪宮会長」

「やはり黒月副会長の格好や言動は――」

「私は、あなたたちに言ったのだけれど。理解力が足りないのかしら？」

お、おぉ……雪宮、どストレートに言うな。

見ろ。あの二人組、涙目で俯いたぞ。

「確かに、黒月副会長の格好は頂けないわ。淑女として、露出が多いのは間違いない。そこはもう少し自重しましょうね」

「う。あーい……」

黒月も雪宮に言われるとこたえるのか、ぐっと胸を押さえた。でも……重く受け止めてないのがわかる。二人に陰口を言われたのより、ダメージを受けてないって感じだ。

雪宮もそれがわかっているのか、黒月を見る目が穏やかなように見える。この二人ってこういう関係性なのか。意外というか、正反対だからこそ仲がいいってことなのか……。

が、悪口を言っていた二人に視線を戻すと、すぐに鋭い眼差しに戻った。

「彼女の格好は褒められたものじゃないけど、心は真っ直ぐで思いやりがある。男性相手にも積極的に話しかけ、親睦を深めようとしている……だけどあなたたちは、格好こそ淑女らしく装っていても、人のことを悪くいい、貶め、さも自分たちが正しいと思っている。……私が言いたいこと、わかるかしら」

ゆらりと立ち上がり、二人の前に歩いていく。一歩ずつ。ゆっくりと。

氷のように冷たい視線と空気に、二人は涙目で身を硬直させていた。

「昔の人はいいことを言ったわ。人の振り見て我が振り直せ……あなた方は、他人にとやかく言えるような立場でないことを自覚しなさい。白峰の生徒を代表する者なら、他人を貶して自分の立ち位置を守るのではなく、自分自身を磨いて立ち位置を守ること。それができないのであれば、生徒会長としてあなた方の処遇を考えなければなりません。……よく考えなさい」

「「は……はい……」」

おぉ……雪宮、かっけぇ〜……空気死んだけど。どうすんの、この感じ。親睦会もクソもなくなっちゃった。……まっ先に壊そうとした俺が言うのもなんだけど。

仕方ない。助け船を出してやるか。

大きく拍手をすると、他のみんなも雪宮の主張に賛同したようで、和やかな感じで拍手を送った。

悪口を言っていた二人は気まずそうに身を縮こませている。今回のことがいい薬になっただろ。多分。

戻ってきた雪宮に目を向けるが、ガン無視で弁当に口を付けた。

「人の振り見て我が振り直せ、か。いいこと言うな、お前」

「最近、私自身が身に沁みて思ったもの。……部屋、綺麗にしているわ」

「そっか」

なら説得力が違うわな。俺がその考えの助力になれたなら、よかったよ。

それ以降、特に何事もなく食事会は進み、無事（?）初めての親睦会は終わった。

まあ、あの二人は終始気まずそうだったけど。

予鈴の鳴る五分前。みんなが生徒会室を出ていったのを見送り、俺と雪宮、あと黒月も戸締まりをして外に出た。

黒月は、さっきのことをまだ引きずっているのか、申し訳なさそうな顔で雪宮に抱き着いた。

「なっ、なんで抱き着くのよ。黒月副会長、離れなさい」

いきなり抱き着かれて、雪宮は困惑気味だ。雪宮って、こんな顔もするんだな。意外だ。

「氷花ちゃん、さっきはごめんね……」

「……なんのことかしら。謝られるようなことされてないわよ、私」

「だって、ウチのために怒ってくれたんでしょ？　ウチ、こんな見た目してんのに、結構ビビりで……ああいうのに弱くてさ。あはは……」

あー……確かにそうかも。黒月って昔はおどおどしていて、それを男子どもにからかわれてたんだっけ。だから悪意に敏感というか、ちょっと萎縮しちゃうところがあるのかも。一種のトラウマというか。

でも雪宮は、しれっとした顔でため息をついた。

「私、ああいうのが嫌いなだけよ。黒月副会長が気にすることはないわ」

「でも……」

「……それなら、ありがとうって言ってもらった方が嬉しいわ。いつも通り、笑顔で。あなたの笑顔、好きよ。私は」

「！　う、うんっ！　ありがとう、氷花ちゃん！」

「でも服装はちょっと改めなさいね」

「うぐっ。あーい」

黒月は言われた通り、ボタンを一つだけ留める。一つだけだけど、それだけでガラッと雰囲気が変わったというか、一気に上品なギャルっぽくなった。ギャルなのには変わりない。

「これでいい？」

「ええ。似合っているわ」

「ぬへへ。……はづきちはどう？　こっちのウチの方がいい？」

「ああ。目のやり場に困らない」

「えっち！」

「変態ね」

なんでだよ……こちとら思春期真っ盛りの男子高校生だぞ。そういうのが目についちゃうのは仕方ないだろ。

黒月は雪宮と腕を組み、べーっと俺に舌を向けてきた。

「えっちなはづきちなんてほっといて、ウチらは行こうっ。もう授業始まっちゃうし」

「そ、そうね。でも腕は放してくれると……」

「いーじゃんっ。ウチらの仲なんだしさー」

「会長と副会長ってだけじゃ……ちょっ、引っ張らないで……！」

……なんで俺、女の子同士の友情を見せつけられてぼっちで置いてかれてるの？　普通に寂しいんだけど。

まあ、なんとなく距離があった二人が仲良くなったみたいで、俺も安心かな。

……ん？　黒月の言ってた距離感が変わったって、こういうこと……なのか？

傍（はた）から見たら、俺と雪宮の距離も近くなってるように見えるってことか。

……だからって、仲がいいとかはないな。うん、仲良くはない。

放課後。今は俺の部屋ではなく、それぞれの部屋のベランダに出て、一緒に夕暮れを眺めていた。

「そいつはよかった」

「そうね。ちょっと想定外のこともあったけど……楽しかったわ」

「親睦会、なんとか終わってよかったな」

雪宮と一緒の空間にいるのは、悪くない。でもこうして、ベランダで並んで話すのも悪くないと思っている。というか、面と向かって話すよりちょっとだけ素直になれる感じというか。

この仕切り板がある関係が、今の俺たちにちょうどいいんだと思う。

茜空(あかねぞら)と言うのだろうか。空が青から赤へ。赤から紺へのグラデーションを描いていて、幻想的に美しい。

口数は少ないけど、ぼーっとしているこの時間もいいな。

そのまましばらく無言でいると、仕切り板の向こうからマグカップが出てきた。

「コーヒーを淹(い)れてきたの。よければ」

「……大丈夫か?」

「今度はちゃんとスプーンを使ったから、問題ないわよ」

「そうか。……じゃ、遠慮なく」

マグカップを受け取り、すする。

程よく冷めたコーヒーに、鼻から抜ける香りが芳しい。前回とは大違いだ。

「どうかしら？」

「美味い。大丈夫だ」

「そ。……よかった」

雪宮も安心したのか、そっと息を吐いて自分のコーヒーを飲んだ。

「……そういや、あの二人は大丈夫か？　昼はキツく当たってたけど、ヘイトがお前に向くんじゃ？」

「あら。私の心配をするなんて、優しいのね。明日は槍でも降るのかしら」

「人が心配してやってんのをなんだと思ってんだ」

「冗談よ。……あの後、私と黒月副会長に正式な謝罪があったわ。これからどう変わるかは、あの子たち次第ね」

「ふーん……」

人に注意されてから、自分たちがやってしまったことが悪いことと認識する、て……赤ちゃんかな？　小学生だって、善悪の認識はちゃんとしてるぞ。小学生の知り合いとかいないから知らんけど。

「ま、これ以上何もないなら、大丈夫か」

「ええ。……それよりお腹空いたわ。そろそろそっち行ってもいい？」

「ああ。今日は刺身な。包丁の使い方教えてやるよ。あと味噌汁。作り方教えてやるから、雪宮が作ってみてくれ」

「お刺身、お味噌汁……！　が、頑張るわ」

雪宮は仕切り板越しにふんすっと気合いを入れると、部屋の中に戻っていく。

さて、俺も料理の準備をしますかね。

第四話　隣人と縮まる気持ち

雪宮（ゆきみや）と関わりを持って一週間、初めての土曜日。

今日は昼過ぎから俺が雪宮の部屋にお邪魔していて、部屋の掃除と勉強会をしていた。

掃除といっても、昨日雪宮本人が言っていた通りちゃんと綺麗に保たれているから、そこまで大がかりなことはやらない。ただ掃除機をかけたり、水拭（みずぶ）きしたり、その程度だ。

でも掃除自体は一週間ぶりにするから、意外と汚れや埃（ほこり）が溜まってるな。俺の部屋は、明日ちゃんと掃除しよう。

　廊下やフローリングを水拭きしていた雪宮が立ち上がると、うっすらにじんだ汗を袖（そで）で拭（ぬぐ）った。

「ふぅ……綺麗にしていたつもりだけど、結構汚れるのね」

「まあ、人間が住んでたら、自然と汚れるものだからな。でも綺麗にすれば、住んでて気持ちいいだろ?」

「そうね。この部屋で一週間も過ごしたら、もう前の生活に戻ろうとは思えないわ。本当、なんであんな状態で生活できていたのかしら……」

汚部屋での生活を思い出したのか、顔をしかめる雪宮。そうだろう、そうだろう。ようやく雪宮もそう思うようになってくれたか。

雪宮の成長に感動しつつ、窓拭きを終わらせてリビングに入り……なんとなく、以前にも覚えた違和感を再認識してしまった。なんというか……物が少なすぎる気がする。というか、やはり家具が極端に少ない。テーブルと二つの椅子。あとは衣類を入れる棚と、ちょっとした小物だけだ。

寝室の方には勉強机と本棚、ベッドのみ。

暮らしの潤いというものが一切感じられないし、本棚にしまわれている本も、小難しそうなものばかりだ。漫画やラノベはおろか、小説もほとんど置いていない。

「女の子の部屋をジロジロ見るなんて、最低ね。自首したら？」

「女っ気があったらそれもやぶさかじゃないが、こんななんもない部屋を目にしたって浮かれるどころか寒気がするぞ」

「必要最低限の生活ができれば、問題ないもの」

「でもよ、何か好きなものとかないのか？　そういうグッズを集めるのも面白いと思うが。部屋に飾っておけば、見てるだけでも心がうきうきするぞ」

「好きなもの……」

本当に思い浮かばないのか、雪宮は首を傾げてどこか遠くを見るような目をしている。

「あれでもいいんだぞ。プリクマとか。女の子なら小さいころ見てたろ」

「ぷりくま……？」

……おい嘘だろ。知らないの、あの大人気国民的女児アニメを。俺なんて今でも毎週楽しみにしてるんだが。え、知らない？　そうですか、知らないですか。

「こほん。今のは気にしないでくれ。そうだな……あ、猫とか。雪宮って、猫好きだっただろ？」

「にゃんこ……そうね。好きよ、にゃんこ」

猫のことをにゃんこって言うのは、雪宮の癖なのか？

雪宮は自分の部屋をぐるっと見回すと、指折り数えながらぼそぼそと何かを言いだした。

「にゃんこの置物でしょ。にゃんこの時計。にゃんこの植木鉢もいいわね」

「猫をモチーフにした調理器具とかもいいよな。茶碗とか、箸とか」

「にゃんこのお茶碗……にゃんこのお箸……！」

おめめキラキラ～。最初は無表情だからわかりづらかったけど、今はなんとなく目の輝きとか雰囲気で機嫌がいいのかわかるようになった。一週間も毎日一緒にいたら、そりゃわかるようになるか。

でも、こんなにテンションの上がった雪宮は初めて見るな。

「なんなら、今日の午後は買い物に出るか？　荷物を持つくらいなら手伝うぞ」

「本当？」

「でも俺の買い物にも付き合ってもらうけどな。今日の夕飯の買い物に行かないと、冷蔵庫の中がすっからかんなんだ」

「わかったわ。もう掃除は終わったのだし、一時間後にあなたの部屋に行くわね」

「え？　そのままでもいいだろ。早く行かないと、夜遅くなるぞ」

が、雪宮はジトッとした目を向けてきた。な、なんで……？

「あなた、そんな汗くさいのによく外に出ようなんて思うわね」

「え、俺汗くさい？」

「くさい」

「そんなストレートに言わないで」

そんなにか。そんなにくさいか俺。ちょっとショックなんだけど。

これでも、男子高校生にしては、結構臭いとか見た目には気を遣ってる方なんだけどなぁ、俺。うちの学校の奴ら、男子校時代のまんま気にしなさすぎだから、それを反面教師として。

「いいから、シャワー浴びてきなさい」

「うっす……」

とりあえず急いで雪宮の部屋から出て、自室に戻る。

よくよく考えると、あの雪宮と一緒に外出するんだ。下手な格好はできない。てなると、ちゃんとひげを剃ったり身だしなみを整えたり……あれ、意外と時間ない？

時計を見ると、すでに十四時。今から一時間だと、かなり余裕がない。

やべ、急いで風呂入らないと、服を選ぶ時間もなくなる。

急いで今着てる服を脱ぎ捨て、飛び込むように風呂場に入っていった。

「ふう……間に合った」

風呂に入って余所行きの服を着て身だしなみを整える。

念のため髪をワックスで整えたけど、慣れてないことはするもんじゃないな。これに結構時間がかかった。

それでも今は十五時五分前。

ちょっとドキドキしながらリビングをうろうろしていると、十五時ぴったりに玄関のチャイムが鳴った。さすが雪宮、時間通り。

インターホンの画面を確認せず、急いで玄関のドアを開けた。

「ま、まってた……ぜ……」

「……何よ」

玄関先にいたのは、間違いなく雪宮だった。

でもいつもの動きやすい、シンプルな格好じゃない。

フリルのついた白いワンピースに、日焼け防止のための水色のカーディガン。チェーンの肩掛けバッグ。足元はパンプス。完全に外行きのファッションだった。

あの汚部屋の主だったとは思えないほどのオシャレ着。まさに深窓の令嬢という言葉にふさわしく、美しくまとまっていた。

こんな雪宮は初めて見たが、それだけじゃない。

いつものストレートロングは緩い三つ編みにされ、肩から前に垂らされている。それに、普段はかけていないクリア素材の縁の眼鏡。雪宮に似合う細いフレームで、彼女のいつもとは違う印象に一役買っている。委員長タイプというより、図書委員みたいな感じだ。

思わず見惚れてしまった。髪型と眼鏡だけで、こんなに印象が変わるのか。

「いや、その……いつもと違うと思うって……」

「ああ、この眼鏡？　伊達眼鏡よ。念のための変装ね」

「……変装？」

「一緒にいるところを見られたら、あなたも私も学校で面倒なことになるでしょう？　だから、変装。変な勘ぐりや噂って嫌いなの、私」

「ああ、なるほどそういうことか」

確かに、今の雪宮は普段と全然印象が違うから、ぱっと見ではわからないかも。ふむふむ。よく考えてるんだな。

……ん？　待てよ。それ雪宮がよくても、一緒にいる俺はなんの変装もしていない。普通に俺だってバレるから、もし誰かに見られたら、俺が見知らぬ女子とデートしてるって噂されるんじゃないか？

俺も変装してこようか迷っていると、雪宮は俺に背を向けて廊下を進みだす。

「何ぼーっとしているの？　早く行くわよ」

「お、おう……」

もう時間ないしいいけどさ……誰にも会わなければいいか。幸い、こっちに住んでる男子生徒は少ない。俺みたいな一人暮らしは、知っているだけで片手で数える程度だ。

鍵をかけ、さっさと先を急ぐ雪宮を追って小走りでついていった。

住宅街だから、この時間は割と人は少ない。すれ違うのも、近隣の小学校や中学校に通っている子供たちと、買い物帰りの主婦くらいだ。

子供たちの元気な声以外は、車や工事現場の騒音は遠い。本当、静かで住みよい場所だ。

「いい場所だよな、ここ」

「ええ。私もこの静けさが好きで、ここを選んだもの」

「実家は騒がしかったのか？」

「……いえ、静かだったわ。……静かすぎるくらいに、ね」

雪宮の横顔が陰る。まずった。これ触れちゃいけない話題だったか。

「そ、そうか。……なら、俺と同じだな。うちも親が留守がちだったから、基本静かだったし」

「……寂しいとは、思わなかったの？」

「そりゃ、ガキの頃はな。そんな気持ちも、小四でなくなった。それに、今が賑やかで楽しいなら、過去なんてどうでもいいと思える性分なんでね」

「それは、私と一緒でも？」

「当たり前だろ。むしろ、現状一番長く一緒にいるの、お前だからな」

淳也とは親友だけど、ここ最近は満足に遊べていない。黒月とも、再会しただけで遊ぶってほどの仲ではない。

雪宮とは遊んでないし、ただ流れで一緒にいる時間が長いだけだけど、一週間もそれが続けば嫌でも慣れてくる。

それに、最近は……本当に、ごくたまに、楽しいとも思えるし。絶対、こいつには言ってやらんけどな。

「ふーん……そう」

「おい、もっとリアクションしろよ。これじゃあ、一方的に俺が恥ずかしいだけじゃん」

「せいぜい羞恥心にさいなまれるといいわ」

「……俺、お前のそういうところ嫌いだ」

「あら、残念。私は自分のこういうところ、結構気に入っているわ」

ふんわりとした天使のような笑顔に、声が喉に詰まって何も言えなかった。

この発言が冗談っていうのも、俺をからかっているだけっていうのもわかっている。

けど……この笑顔だけは本物だって、なんとなくわかった。

こいつも、現状を楽しんでるんだろうか。……そうだといいな。言ってやらんけど。

電車に乗り、のんびり揺られること二十分。俺たちはこの辺で一番大きなデパートへとやってきていた。

黒月が雑談のさなかに言ってたけど、ここにいい感じの雑貨屋があるとのこと。雑貨屋なら、雪宮のお目当ての猫グッズも揃えられるだろう。

俺はこの近辺の地理や店には詳しくないからな。ナイス黒月。今度何かお礼しないと。

「それで、雑貨屋は何階にあるのかしら？」

「三階が雑貨フロアになってるみたいだぞ。いろんなテナントがあって、数も豊富らしい」

「三階ね。それじゃあ行きましょうか」

はやる気持ちを抑えきれないのか、雪宮が足早にデパートの中を歩く。おもちゃを買ってもらえる子供みたいな勢いだ。

俺も置いていかれないように、雪宮についていく。

それにしても……すげー見られてるな、雪宮のやつ。男はみんな、カップルの彼氏側や夫婦連れの旦那さんでさえも、颯爽と歩く雪宮に見惚れていた。その度に彼女や奥さんに耳を引っ張られてるけど。

まあこれだけの美少女なんだ。俺も街中で見かけたら、目で追っちゃう気がする。

なんといっても、歩き方がものすごく綺麗。モデルみたいにすらっとしてるし、ドラマのワンシーンのように見える。写真に映すならどの角度から撮っても様になるような、神聖み溢れたオーラをまとっていた。

残念な胸だけど、それがむしろ邪魔してないというか、雪宮本来の美しさを際立たせている感じだ。……改めて思うけど、なんで俺がこんな美少女と一緒に買い物に来てるんだろうな。

人生、何があるかわかったもんじゃない。

そう思っていると、先を歩いていた雪宮が急に振り返って、鋭い眼光で睨みつけてきた。

「八ツ橋くん。今ものすごく失礼な視線を感じたんだけど」

「気のせいです」

「……わかりやすい人」

「気のせいだって言ってんでしょ」

「どうだか」

くそ……可愛くねぇ。可愛いけど、可愛くない。腹立つな。

雪宮を追うように後をついていく。

……本当、ずっと見ていても飽きないな、雪宮って。後ろ姿なのに、これだけ可愛さが極まっているのは、単純にすごいと思う。

名前の通り、氷の花のような美しさ。

よく美人は三日で飽きるとか言うけど、全然そんなことはない。まああれはカップルとか結婚した男女とかに当てはまる言葉なんだろうけどさ。

エスカレーターに乗り二階、そして三階へ。

「着いたわ。三階ね」

「おお……確かに雑貨屋が並んでるな」

生活雑貨専門っぽい店もあれば、いろんなキャラクターものを扱っている店もある。ここなら雪宮の部屋を彩るにはじゅうぶんな小物を買えるだろう。

もの珍しさからか、雪宮はあっちこっちをキョロキョロ見回している。わかるぞ。初めての場所って楽しくて、そうなるよな。

フロアを一周するように、店の一つ一つを物色する。と、雪宮がある店の前で止まった。

「雪宮?」

「……にゃんこ」

「え? ……ああ、猫雑貨フェアをやってるんだな、ここ」

こんなおあつらえ向きなフェアをやってるなんて、ついてる。

雪宮も目をキラキラさせて、店の前に並んでいる猫をモチーフにした雑貨を眺めている。

見ると壁掛け時計も猫だし、石鹸(せっけん)入れも猫。ハンカチも猫。水筒も猫。ボールペンやノート、消しゴムなんかも猫。

猫、猫、猫。とにかく猫だらけ。

多種多様な猫がデフォルメで描かれていたり、リアル風に描かれているもの。形自体が猫のものもある。

こうして見ると可愛いけど……こんなにあるとちょっとした狂気を感じるな。雪宮の前では、絶対言えないけど。

にしても、こんだけテンション上げてるとこ見ると、雪宮の好きそうなものばかりだってことか。こりゃあ、あれもこれも買ってたら相当な金がかかるぞ。

「雪宮、金はあるのか？　いつも飯の金を気にしてたみたいだけど」

「好きなものにお金は惜しまない主義なの、私」

推しを前にしたオタクみたいなこと言ってやがった、こいつ。

「今日の夕飯代も、ちゃんと請求するからな」

「わ、わかってるわよ。そういった生活費には手を出さないようにするわ。……多分」

こいつ、今ぼそっと多分って言ったぞ。生活費にまで手を出したらおしまいだろう。こいつに猫雑貨買えとか言わない方がよかったかな……。

雪宮は目についたものを吟味して、気に入ったものを片っ端からかごに入れていく。

見る見るうちにかごの中に積み上がっていく猫グッズに、俺だけでなくショップの店員も唖然としていた。

「おい。そんなに買って誰が持ち帰ると？」

「今日は荷物持ちがいて助かるわ」

それどう考えなくても俺だよな。

「まあ、仕方ないから手伝うけどさ。そんなに買ったら、運ぶのも大変だしな。でもこの後食材の買い出しにも行くんだし、自重はしろよ」

「わかっているわ。……ありがとう」

とか言いつつ、雪宮がいろんなものをかごに入れ、満杯になったら別のかごに入れ、さらに入れ……合計三つ分のかごになった。

さすがの店員さんも顔を引きつらせていた。本当、雪宮が自重しなくてすんません。

店員さん曰く、お会計に時間がかかるってことで、その間ちょっとだけ時間を潰さなくてはならなくなってしまった。つっても、どうしようか……俺たち二人だと、ゲーセンで暇を潰すって感じでもないしなぁ。

てか、女子と二人で手持ち無沙汰な時って、どうやって時間潰せばいいんだ？　ラーメン屋にでも入るか？　……いやいや、それこそないだろう。彼女のいない俺でもわかる。それは悪手だ。

こういう時は、女性側に丸投げするに限る。俺は基本どこでもいい人間だし。

「雪宮、どうする？」

「そうね……そういえば、さっき一階の喫茶店に美味しそうなパフェがあったわ。そこに行きましょう」

「ん、了解」

一階に喫茶店なんてあったのか……抜け目ないな、雪宮。

二人で一階まで降りると、雪宮は迷いもせず喫茶店へ向かっていく。意外と方向感覚はきっちりしているみたいだ。

喫茶店に入り、俺はブラックコーヒーとモンブランを。雪宮は紅茶といちごパフェ、いちごの盛り合わせを頼む。

そういや、昨日弁当に入れていたいちごも美味そうに食ってたし、いちごが好きなんだな、雪宮って。

 つい一週間前は、本当にお互いのことを何も知らなかったのに……どうしてこんなことになったのやら。

俺たちの前にそれぞれ注文したものが運ばれてくると、雪宮は先ほどの猫雑貨を前にした時と同じく目をキラキラさせてパフェを見ていた。

「パフェ好きなのか？」

「すき」

「即答だな」

「だいすき。宝石箱みたい」

幼児退行してる気がするんですが。

雪宮が言ってることもわかる。確かにパフェって、宝石が詰まってるみたいにキラキラしてるもんな。じゃあ、好きなものと好きなものが合わさってるいちごパフェとか、最強の食べ物じゃん。

「いただきます。はむ……んん～……！」

パフェを一口食べて、満面の笑みを見せた。今までコンビニ弁当とかスナック菓子とか食生活が貧しかった分、こういう本当に好きなものを食べると幸せなんだろうな。

「な、何よ」

「いや、美味そうに食うなと思って」

「あげないわよ。これは全部、私のなんだから」

「大丈夫。取らないから」

「……なら、いいのだけれど」

餌を取られそうな猫みたいに威嚇してくる雪宮を見つつ、俺は俺で好物のモンブランを口に運ぶ。

え、うっま。ここのモンブランすげー美味い。そういやメニューにも一番人気って書いてあったな。なるほど納得。

自然に口元が緩み、もう一口食べてコーヒーをすする。うわ、コーヒーも美味い。もう少し家から近かったら、通ってたな……金がいくらあっても足りないわ。

「……あなたってそういう顔もするのね」

「え？　どんな顔してた、俺？」

「おもちゃを買ってもらった子供みたいな顔よ。可愛らしいところもあるのね」

「いちごパフェ食ってるお前みたいだってか？　鏡持ってきてやろうか」

「私はそんなことないもの、あむ。……んーっ」

いや、めっちゃ子供みたいに喜んでんじゃん。

俺の視線に気づいた雪宮は、半目で睨んできた。今の俺ならわかるぞ。この睨み方は、恥ずかしがってる睨み方だ。

「人が食べているところをまじまじと見るなんて、失礼よ」

「悪い、悪い。でも幸せそうに食べる雪宮、いいと思うぞ」

「……ふん」

あ、また照れた。よく見ると、雪宮のリアクションってわかりやすいよな。変につんけんしてるから、見えにくいだけで。

その後は互いに無言のまま、一時間近くのんびりと喫茶店で休息を取り、さっきのショップへと戻っていった。

合計額、なんと六万円オーバー。

かご三つ分にしては思ったよりも安いが、それでも六万円の買い物なんて見たことがない。これが金持ちの買い物……雪宮、恐ろしい奴だ。

しかもプラチナカードでの支払い。高校生が持つものじゃないだろ。

会計を済ませ、五つある袋のうち四つを俺が。一つを雪宮が持つ。

ぐ……重い。想像以上に重い。小物といっても、意外と陶器類が多くて大変だ。これ、雪宮一人じゃ絶対に持って帰れないな。

さすがに申し訳なく思ったのか、雪宮は心配そうな顔をした。

「八ツ橋くん、大丈夫？」

「お、おう。平気だ」

「落としたら許さないから。弁償してもらうわよ」

そっちの心配かよ。少しは俺の腕を心配してくれませんかね。

でも弱音を吐くわけにはいかない。男としての見栄ってやつだ。

荷物を持って電車に乗り込むと、ちょうど帰宅ラッシュと被ったからか電車は混んでいた。本当は座りたかったが、時間が時間だ。仕方ない。

「すごい人だな……雪宮、離れるなよ」

「え、ええ」

雪宮を壁側に誘導し、他の乗客から雪宮を守るような位置に立つ。ギリギリの隙間だが、華奢な体をしている雪宮はすっぽり収まっていた。

これだけの乗客がいて、もし急停止かなんかをされたら、雪宮なんてぺったんこだ。……別に他意はないから睨むな。

プラスしてこの見た目の可愛さ。ひょっとすると痴漢に遭う可能性もある。それだけは絶対に防がないと。

それにしても……思いの外近い。満員電車のせいもあるが、雪宮と体が密着しそうになる。顔も、今までにないくらい近くにある。

「ちょ、八ツ橋くん。あんまりこっち寄ってこないで……！」

「し、仕方ねーだろ。荷物のせいで両手上げられないんだから……！」

だから脚で踏ん張るしかないんだけど、電車の揺れと人込みのせいで、どうしても雪宮の方に寄ってしまう。

手を雪宮の腰のあたりに伸ばし、壁を支えにする。でもうまく力は入らないし、今にもバランスを崩しそう。あと一回、大きな揺れが来ると、本当に雪宮と密着してしまいそうだ。

雪宮も、俺にガードされていることに気づいたのか、ほとんど耳元でささやいてきた。

「そ、そんなにしてまで守ってもらわなくても大丈夫よ」

雪宮の可愛らしい声と吐息が耳に触れる。

耳には神経が多く通っていると聞くけど、かなり効く。俺の男心がかなりくすぐられたぞ。

「お、お前が大丈夫かそうじゃないかなんて関係なく、男はこういう時に踏ん張るものなんだよ」

「……そうなの？」

「少なくとも、俺はな」

ここで雪宮を放っといて楽な体勢になれるところに移動したとする。でもそのせいで雪宮の身が危険に晒されたら、俺は俺を許せないと思う。これは雪宮を守るためでもあり、俺の自尊心を守るためのものでもあるんだ。だからここからは動かない。

俺の気持ちが伝わったのか、雪宮は申し訳なさそうな顔をしつつも、少し口角を上げた。

「……ありがとう」

「どういたしま……うおっ!?」

電車が大きく揺れて、人の波が押し寄せて……！

ええい、こなくそ！

手だけでなく、ひたいを壁にぶつけて支えにし、雪宮が潰されないように踏ん張る。

が……そのせいで雪宮の髪が俺の鼻に密着し、胸いっぱいにその匂いを吸い込んでしまった。鼻腔をくすぐる、シャンプーと香水、そして雪宮の匂いが入り混じった、男をヨロめかせる匂い。正直、理性がかなりぐらついた。

人間は、近い遺伝子同士では相手の匂いを嫌なものと認識することが多いという。

だがしかし、俺と雪宮は赤の他人。つまり遺伝子的には問題なく子孫を残せて……って、何を考えてるんだ俺は!?

「や、八ツ橋く……!?」

「すすすすまんっ。本当にわざとじゃないんだ……!」

「……はぁ。ええ、わかっているわよ。八ツ橋くんがその体勢が楽なら、しばらくそうしていていいから」

「た、助かる」

「その代わり、人が減ったらすぐ離れないと、痴漢で訴えるわよ」

「あ、はい」

どこまでいっても、雪宮は雪宮だ。マジでぶれないな、こいつ。顔は見えないけど、どうせ呆れた顔をしてるんだろう。俺だけが意識しているみたいで、なんか悔しい。

にしても、流れでこんな体勢になったけど、正直さっきより楽だ。腕だけの力じゃなくて、体全身を使えるのはでかい。

ただ問題は、ずっと雪宮の匂いを嗅いでなきゃいけないという点だ。

口呼吸にすればいいと思うかもしれないが、それじゃあ雪宮の耳元ではあはあ言ってるように見えるだろ。それじゃあ俺が痴漢って疑われても仕方ないから却下だ。

できるだけ呼吸を抑えて、とにかくこの状況に耐えた。

心臓が早鐘のように高鳴る。雪宮に聞こえてるんじゃないかと、心配になるほどに。

この格好でいること数分。不意に、雪宮が口を開いた。

「なんだか不思議ね。あなたとこうして一緒にいるなんて」

「雪宮もそう思うか？」

「ええ。だってどう考えても、私とあなたって全然違う価値観で生きてるじゃない」

言えてる。

「雪宮は実直でド真面目で律儀」

「あなたはいつも適当でへらへらしてる」

「お前も私生活は適当だろ」

「私生活で言ったら、八ツ橋くんだって意外とちゃんとしてるじゃない」

……こうして考えると、俺と雪宮ってまさかの似た者同士？

いや、ないな。ないない。俺と雪宮が似てるとか、雪宮に失礼すぎる。

「でも、あなたに助けてもらっているのは事実よね」

「今回はたまたま満員電車に当たっただけだから、気にすんなよ」

「そうだけど、それだけじゃないわ。私の部屋を掃除してくれたり、料理を教えてくれたり」

「あれも成り行きだし、お前の部屋が汚いと俺の部屋にまでゴキが出没しそうだったからな。お互い様だ」

「あなたからしたらそうかもしれないけど、私からしたらとてもありがたいことなのよ」

ふーん……そんなもんかね。

別に人間は、何でもかんでも自分でやらなきゃいけないなんてことはないと思っている。

俺だって勉強はできないけど、雪宮に助けられている。もちろん、感謝の心は忘れない。でも、そんなになんでもかんでも感謝されるとこそばゆくなる。

雪宮も同じなのか、そこからは互いに一言も発することないまま俺たちの降りる駅に着いた。

ここはベッドタウンになっている大きな街の駅だから、降りる人も多い。

俺たちは流れに身を任せて、一緒に満員電車から降りた。

「はぁ～……着いた～」

「どうする？　一度荷物を家に置いてから、食材の買い物に行きましょうか」

「そうだな。思ったより荷物が多くなったし……一回帰るか」

「ごめんなさいね。そうしましょう」

雪宮が少し申し訳なさそうな顔をする。

自分でも買いすぎだとわかってるんだろうな……次回はもうちょっと考えてくれ、マジで。

俺の腕のためにも。

……ん？　今俺、ナチュラルに次もついていくって思考になってない？　……気をつけよう。

そんな仲じゃないだろう、俺たちは。

苦労してアパートまで戻り、雪宮の部屋に荷物を置いてから、俺たちは改めてスーパーに向かって再出発した。

この辺りで最大手のスーパーだが、値段が安くて量が豊富。しかも時間によってはタイムセールまでやっているのだ。俺もここにはお世話になっているが、近隣の主婦たちもここに集まるから、なかなか激戦区だったりする。

この時間はタイムセール真っ只中（まっただなか）。案の定、買い物客が多い。

「いいか雪宮。ここから先は戦場だと思え」

「え、何そのテンション。どうしたの？」

「タイムセール狙いの歴戦の強者（つわもの）が揃い、血で血を洗う場所。それがスーパーだ」

「大げさね……」

「大げさなもんか。事実だ」

俺も何回かタイムセールに立ち向かったことがある。

高校生男子の力強さと若さがあればタイムセールなんて楽勝……そう思っていたが、甘かった。

奴ら青二才のフィジカルなんてものともしない試合巧者の集まり。いわばタイムセールのスペシャリスト。

当たっては弾（はじ）かれ、当たっては弾かれ……そんな中で食材を手に入れるのは至難の業（わざ）。

だがしかし、今日はお目当てのジャガイモとニンジンが安くなる日。

なんとジャガイモは十個入り十円。ニンジンは八本入り十五円。

これはなんとしても手に入れたい。

「行くぞ。敵は本能寺にありだ」

「八ツ橋くん、テンションバグってるわよ」

失礼な。

かごを手に取ると、俺たちは野菜コーナーを横目に精肉コーナーへと向かった。

さすがに安い。牛肉二キロで七百円。買い。

あとは冷凍保存する用に豚肉や鳥肉も買う。

「へえ……お肉って、こういうふうに売られているのね」

「え、見たことないのか？」

「ええ。私もこのスーパーには来るけど、いつも総菜コーナーとかレトルト食品コーナーにしか行かないから」

ああ、確かにここって、総菜も安いんだよな。しかも時間が経つと、三百円の弁当が半額になったりする。

俺も一度食べたことあるけど、まあ大味というかなんというか……塩分が濃すぎて、体に悪そうな味がした。

あんなの毎日食べてたのか、雪宮。よく今まで体調崩さなかったな。

「なら、魚も見てみるか？　切り身になる前の魚が売られてるぞ」

「本当？　料理される前の丸ごとの魚なんて生で見たことないわ」

「……水族館とか行ったことない？」

「娯楽に費やす時間は、すべて勉強に当てなさいって言われていたから」

そ、そうか……厳しい家だったんだな、雪宮の家って。

……今度水族館にでも連れていってやろうかな。雪宮は俺と一緒は嫌だって言うかもしれないけど。

雪宮を伴って鮮魚コーナーへ向かうと、ぎょっとした目で魚を見た。

「え、これ、鯛？」

「ああ。鯛だ」

「……大きいのね。本やネットだと、どうしても大きさまではわからないから」

どうやら本当に生で見るのは初めてらしい。

ちょっと怯えているというか、でも興味はあるみたいで目をキラキラさせている。

総菜や弁当だと、全部調理されている状態で並ぶからな。

水族館にも行かず、鮮魚コーナーも初めてとなると、確かに珍しいのかも。

「ほら、あそこで解体してるだろ」

「え？」

顔を上げると、ガラスの仕切りの向こうでちょうど魚を捌いているところだった。

鱗（うろこ）を取って頭を切り落とし、内臓を掻き出す。

あっという間に三枚に卸（おろ）された。

俺も捌けるけど、こうして見るとプロの手際（てぎわ）ってすごいな。まあ毎日やってるんだから、当たり前か。

「ちょ、ちょっとグロテスクなのね……」

「まあな。でもああやって、俺たちの食卓に届けられるんだ」

「今まで漫然と口に運んでいたけど……そうよね。ちゃんと感謝しないとね」

雪宮は思うところがあるのか、じっと捌いているところを見つめる。

連れてきてよかった。なんとなく、そう思う。

「なんだかお魚が食べたくなったわ」

「今日肉じゃがなんだけど」

「肉じゃが……！　でも、お魚……」

「……刺身くらい、買っていくか？」

「買う」

即答かよ。まあ雪宮らしいけど。

刺身のパックをかごに入れる。雪宮は今日の夕飯が楽しみなのか、うきうきと他の魚を見ていた。

「あっ、見て八ツ橋くん。カニよ。大きいカニ」

「はいはい」

「カニも食べたい気分だわ」

「それはダメ」

肉じゃが、刺身、カニって、そんな贅沢(ぜいたく)をする余裕はうちにはありません。

あとここのカニ、確かに大きいけど身は詰まってないんだよ。興味本位で食べたけど、リピートはしないと決めてるんだ。

「ええ～……まあそうね。でも、いつかカニを食べたいわ」

「はいはい。いつかな」

そんな金の余裕はないんだけど……まあ、どっかのタイミングでカニ専門店に行くのもありか。俺もカニは好きだし。

精肉コーナーと鮮魚コーナーを一通り見て回り、白滝と玉ねぎもかごに入れる。

すると、店の中がにわかにざわめきだした。

そろそろ時間だな。

「雪宮、行くぞ」

「え、どこに？」

「戦場」

「また大袈裟(おおげさ)に……」

ふ……あれを見て、そんな余裕はあるかな？

雪宮と一緒に青果コーナーへ行く。

ちょうど店の人がバックヤードから出てくると、ジャガイモとニンジンのワゴンにタイムセールの札を立てた。

「ただいまより、タイムセールを行います！　お一人様それぞれ袋お一つまでとなっておりますので、ルールを守ってお求めください！」

来た……！

戦場へと一歩踏み出す……が、一瞬の遅れから他の主婦たちに押し寄せられてしまった。

ぐっ！　さすが歴戦の強者たち、圧力が違う……！

負けじとジャガイモとニンジンに手を伸ばす。が、前にいた主婦に押されて軍団から弾き飛ばされた。

「や、八ツ橋くん、大丈夫？」

「あ、ああ。平気だ、これくらい」

だけど、刻一刻とジャガイモとニンジンがワゴンから消えていく。弾き飛ばされたら最後、俺になす術(すべ)はない。もうあそこに割って入って食材を取るには、時間がなさすぎる。

くそ、このままじゃジャガイモとニンジンの入ってない肉じゃがを作る羽目に……！

見る見るうちに消えていくジャガイモとニンジンを前に己(おのれ)の無力さを痛感していると、雪宮が軍団に一歩近づいた。

「ま、待て雪宮。何するつもりだ？」

「私が取ってくるわ。あなたと私ので、二袋ずつ持ってくればいいのよね」

「そ、そうだけど、無理だろ。お前俺より体小さいし、力も……」

「やってみないとわからないでしょ？　それに、これも社会勉強よ。じゃ、行ってくるから」

臆することなく、主婦軍団の中に突入していく雪宮。

と……姿を見失った。

え。ど、どこに行ったんだ？

別に弾き飛ばされたわけじゃない。本当に消えた。

まさか、本当にあの中に割って入ったのか？　雪宮のフィジカルで？

いやぁ……あの主婦たちの中に負けじと突っ込んでいくなんて、やるなぁ。俺じゃあ隙間に割り込むのも一苦労だぞ。

そのまま待つこと数十秒。

ジャガイモとニンジンが売りきれたのか、ようやく人込みが散り始めた。

でも……あれ？　雪宮は？

うそ、どこ行った？

その中に雪宮の姿が見えない。

「どこ見てるの？」

「うお!?」

あ、いた。後ろに。

いや、なんで後ろにいるんだよ。さっきまであの中にいただろうに。

でも雪宮の格好は、髪が乱れているわけでも服がよれているわけでもない。

普通にいつも通りの可愛い格好で、手には四つの袋を抱えていた。

「そ、それ……取れたのかっ？　あの混戦状態から？」

「ええ。意外と簡単だったわよ」

「か、簡単って……」

「私って背が低い方だし、ちょっとした隙間を縫うようにして進めたの。そしたらギリギリ取れたわ」

「な、なるほど……」

女性特有の凹凸も少ないから、隙間に入り込むのも容易なのか。なるほど、納得。

「今失礼なこと考えてなかった？」

「気のせいだ。……助かったよ、ありがとう」

「どういたしまして。これからタイムセールがある日は、私が行った方がよさそうね」

ぐうの音も出ねぇとはこのことだな。

でもタイムセール初心者の雪宮に上を行かれるとは……ちょっとショック。

雪宮からジャガイモとニンジンを受け取ると、そのまま他の足りなくなっていた調味料をかごに入れていく。

こういうものって、なくなる時は本当にいっぺんになくなるんだよな。

考え方によっては、面倒な補充品の買い物を複数回しなくて済むけど、一回に買う量が多くなって嫌になる。

あとは、そうだな……。

「雪宮、お菓子買うか？」

「欲しいけど、後で個人的に買うからいいわよ」

「ジャガイモとニンジンのお礼だ。一つまでなら、好きなの持ってこいよ」

「……それじゃあ、お言葉に甘えようかしら」

今度はお菓子コーナーに向かうと、雪宮は真剣な顔で厳選し始めた。

「ここはファミリーパックでお得に……でも勉強中の糖分補給にラムネを……いえ、それよりチョコレートの方がいいかしら。でも値段を考えるとチョコ菓子よりグミ……むむむ」

めっちゃ真剣（ガチ）じゃん。

雪宮の部屋を掃除してた時に思ったけど、結構お菓子とか好きだよな、雪宮って。でもここまでガチで悩むとは思わなかった。

雪宮が悩んでいるのを横目に、ビーフジャーキーをかごに入れる。

そのまま待つこと数分。

結局無難に、いろんな種類のチョコレートが入ったファミリーパックを持ってきた。

「それでいいのか？」

「ええ。ご馳走（ちそう）様、ありがとう」

「どういたしまして。そんじゃ、お会計済ませて帰ろうぜ。さすがに腹減った」

「肉じゃがにお刺身だものね。……味噌汁、私が作りましょうか？」

「お、いいな。練習のつもりで作ってみてくれ」

「頑張る」

雪宮はふんすっと気合いを入れると、レジに向かっていった。

なんか……本当に子供みたいだな、雪宮。子を持つ親って、こんな気分なんだろうか。……俺の親はどう思ってたかは知らないけどさ。

そっとため息をつき、雪宮を追っていく。

無事に買い物を終え、俺たちはようやくスーパーを出た。

外はすでに薄暗く、家々の明かりもついている。もうイルミネーションが街を彩る季節ではまったくないが、なんとなくイルミネーション感があるというか。見ていて気分が高まる。だけど、もう四月も随分と経ったのに、まだまだ薄ら寒く感じるな。

「雪宮、早く帰ろう」

「そうね。肉じゃが、早く食べたいから、急いで帰りましょう」

肉じゃがを食べられるのがよほど嬉しいのか、その言葉や表情からウキウキ感が伝わってくる。やっぱり雪宮って、子供っぽいところがあるよな。

雪宮と一緒にスーパーを後にすると、雪宮がなんとなく手持ち無沙汰（ぶさた）な感じで、こっちを見てきた。

「八ツ橋くん、一つ持つわよ。そんなに多くちゃ、大変でしょ?」

「いや、大丈夫だ。全然軽い」

本当はかなり重いけど、女の子の手前、意地を張らなきゃ男が廃る。それに、昼間の荷物の方がだいぶ重かったし。

頑張って平然とした顔をしていると、雪宮が俺の持っている荷物を一つ奪った。

「ちょ、雪宮」

「何よ。私だって、両手でならこれくらい持てるわよ」

「……正直、助かる。ありがとう」

「どういたしまして」

だいぶ軽くなった荷物を持って、二人で肩を並べてアパートに向かう。

雪宮と一緒に歩く、か……学校の奴らに見られたら、とんでもない誤解を招きそうだ。

特に黒波の男子ども。あいつら最近、俺のことを目の敵にしてるからな。だったら自分たちも女子と仲良くしろよってんだ。今までお前らが女子と絡んでるの、見たことないぞ。

なんて考えていると、雪宮が口を開いた。

「それにしても、例のストーカー、鳴りを潜めてるわね」

「え? ああ、そういやそうだな。俺が見かけてから、まだ一度も現れてない気がする」

「さすがに諦めたのかしら?」

「どうだろうな……ストーカーの心理はわかんないけど」

登校中も下校中も、俺が常に一定の範囲内にいるから、向こうも変な行動には出れないのかもしれない。

……なんか、本当に俺がストーカーみたいなことをしてる気がする。

い、いやいや。俺は全然そんなつもりはないぞ。雪宮の身に何かあったら、寝覚めが悪いだけだ。

「本当、八ツ橋くんが隣に越してきてから、いろんなことでお世話になりっぱなしね」

「そんなことないだろ。たまたま俺ができることと、お前ができないことが被（かぶ）っただけだ」

「確かにあなた、勉強できないものね」

「勉強ができないいんじゃない。白峰（しらみね）の授業スピードが異常なんだ」

「そうかしら？　私はあれしか知らないから、なんとも思わないけど」

だろうね。人間は自分が生活してきた環境を基準に考えるから。

でもあれは半端（はんぱ）じゃない。さすが、県内でも有数の進学校だっただけはある。

「ま、この関係も雪宮が大体の家事ができるようになるまでだな」

「……そうなの？」

「そうだろ。俺が教えることがなくなれば、雪宮は一人で生活できるだけのスキルが身についたってことなんだから」

あ、でもたまには部屋の様子を見とかないと怖いな。またあの汚部屋に逆戻りしたら、元の木阿弥（もくあみ）ってやつだ。

「そう……じゃあ、それまでよろしくといったところかしら」

「ああ。……まあ、それもいつになるかわかったもんじゃないけどな」

「私って物覚えはいいのよ？」

「物覚えがよくても、応用が効くようにならなきゃな」

「勉強では応用の効かない八ツ橋くんに言われたくないわ」

「ブーメランだったか」

今のは心にちくちくきたわ。ちくちく言葉って知ってる？

雪宮はそっとため息をつき、仕方ないって感じに少し口角を上げた。

「この関係、まだ当分続きそうね」

「あー……そうだな」

一週間前には考えられなかったけど、この関係性がなんとなく居心地のいいものになっている。雪宮も同じことを考えているのか、嫌そうな顔はしていない。

本当……人生どう転ぶかわかったもんじゃないな。

また雪宮との距離が少しだけ縮まったか。

そんな気がしていると——不意に、スマホの着信音が鳴った。この着信音は……電話かな。

でも俺じゃない。周りにいるのは雪宮だけ。

じゃあ雪宮か……って!?

「ゆゆゆゆゆゆゆ雪宮!?　おま、顔面真っ青だぞ!?」

「……え。あ、ええ……」

薄暗い中でもわかるくらい、めちゃめちゃ気分が悪そうだ。

雪宮の手から再び荷物を奪うように受け取ると、とりあえず持っていたハンカチを渡した。

「大丈夫か？　ちょっと休憩するか？」

「だ、大丈夫。気にしないで」

「んなわけにいくかよ……！」

くそ。なんだ、何が原因だ？　さっきまで普通にしていたのに、いきなりこんな……ただの疲れってわけでもなさそうだし。

となると……あ、着信……？

申し訳ないと思いつつ、雪宮のかばんを漁ってスマホを取り出すと、電話を切って機内モードにした。

これでもう電話はかかってこないだろう。

でも……電話を切る際に一瞬見えた、発信者名。

確かに、『義母』って表示されていた。

義母……その字の通り、義理の母。

そういうのは今どき珍しくない。でも雪宮は、お母さんとの思い出を楽しそうに話していた。ってことは、それは実母との話だろう。

この様子だと義母とはうまくいっていないらしい。雪宮のこの反応を見る限り、そう考えるのが普通だ。

「すまん、雪宮。勝手に電話切らせてもらった」

「い、いえ。……ありがとう」

勝手に他人のかばんを漁って電話を切る。本来なら激怒して当然なのに、雪宮は感謝の言葉を口にした。

結局俺は何もできず、雪宮の気持ちが落ち着くまで、こうして傍(そば)にいることしかできなかった。

第五話　想い馳せる隣人

しばらくしてから雪宮(ゆきみや)が落ち着いたのを確認して、再びゆっくりアパートに向かっていく。

いつもならとっくに帰宅している道のりを、たっぷり倍の時間をかけて帰ってきた。

雪宮の顔色はまだ優れない。むしろもっと悪くなっているような気もする。

「えっと……雪宮、夕飯はどうする？」

「……いらない。そんな気分じゃなくなったから……今日はもう、寝るわ」

「そ……うか」

「……ごめんなさい。でも今は、放っておいてくれるとありがたいわ。……おやすみなさい、八ツ橋(やつはし)くん」

「……ああ、おやすみ」

これ以上、俺から雪宮に言えることはない。放っておいてと言われた以上、俺が何をしても雪宮にはストレスだろう。

でも……いいんだろうか。このまま雪宮を一人にして。

こんな雪宮は初めて見る。誰か、傍(そば)についていてやった方がいいんじゃないか。

いろんなことが脳裏を駆け巡るが、どれ一ついい案とは言い難い。

顔色が優れないまま、ふらつき、自室に戻っていく雪宮。

「雪宮っ」

「……何？」

ドア越しに振り返った雪宮の瞳に、生気は感じられない。元気がないというか、虚無を見つめているだけのように見える。その瞳には、俺は映っていないだろう。

「いや……何かあったら、即俺を呼べよ。俺ができることなら、なんでもやってやる」

「……ええ。そうするわ」

そう言い残し、扉が閉められた。

雪宮自身は何も思っていないだろうけど……なんとなく、閉じられた扉が、俺を拒絶しているように感じられた。

今の俺には、何もすることができない。

己の無力さを歯痒く思うが、俺も自分の部屋に戻った。

冷蔵庫に食材を収め、買っていた刺身と炊いた米だけで夕飯を済ませる。今から肉じゃがを作る意欲も気力も湧かない。

スマホをいじりながら飯を食うが……雪宮が気になって仕方がない。

というか、こうして一人で夕飯を食べるのも久々だ。ここ数日は、毎日雪宮と一緒に夕飯を摂ってたし。

「……味気ない、な」

刺身自体は美味い。でも一人で食べるのと、雪宮と一緒に食卓を囲むのは、ちょっと違う。

どれだけ憎まれ口を叩こうと、俺の作った飯を美味そうに食ってくれるし。

今までは一人で食べるのが当たり前だったのに……まさか、それを寂しいって思うようになるとは。

適当に刺身と米を口に運び、胃に詰め込むだけの作業を繰り返し、ご馳走様。

俺には関係ないこと。そう言い聞かせても、どうしても雪宮のことが頭から離れない。あんまり食欲も感じないし。

食器を洗っても、勉強をしても、漫画やラノベを読んでも……雪宮の部屋の方が気になる。

あいつ、本当に飯は食わないつもりかな。やっぱり何か持っていった方がいいんじゃないか？

幸いあいつの好きな肉はあるし。肉じゃがは時間かかるけど、さっと野菜と炒めて持っていってやった方が……あ、でも今日は放っておいてほしいなんて言っていたか。

「はぁ……なんで俺、雪宮のことであれこれ思い悩まなきゃならないんだ」

お互い助け合っているとはいえ、まだ一週間かそこらの仲だろう。それに家族間の問題なら、俺が踏み込むのはお門違いもいいところだ。

……雪宮も前、家のことには踏み込まれたくないって言っていたし。ここで俺が無理に元気づけようとしても、それは雪宮の家庭の事情に踏み込むのと同じことだ。

なら俺は、雪宮がいつも通りの憎まれ口を叩ける相手になるだけ。

それが俺と雪宮の適切な距離感なんだ。

今は元気はないだろうけど、明日になったら雪宮も元気を取り戻すだろう。そうなったら肉じゃがの作り方でも教えてやるか。

……その前に、俺も自分の分の肉じゃがは作っとこう。雪宮に食材を全部ダメにされたら、たまったもんじゃない。

俺は肉じゃが作りを始めるべく、さっき買ってきた食材を冷蔵庫から取り出した。

「はづきち、氷花(ひょうか)ちゃんに何かした？」

週明け。いつも通り淳也(じゅんや)に宿題を写させてやっていると、自分のクラスからやってきた黒月(くろつき)に問い詰められた。

あれから雪宮には会っていない。あの落ち込みよう、俺がどこまで立ち入っていいのかわからず、顔も合わせていない。

けど、黒月の言葉からすると、まだ落ち込んでいるみたいだ。

「何もしてないが」

「本当？」

「嘘言ってどうする」

「おっかしいなぁ。絶対はづきちが、氷花ちゃんを怒らせたと思ったんだけど」

おいコラ。雪宮の様子がおかしい＝俺が怒らせたって発想、大変失礼だと思うんだが、どうお考えで？

黒月はまだ半信半疑なのか、ジト目で睨んでくる。なんで俺が元凶だと思うんだ。

本当に、俺は何もしていない。すべてはあの電話をかけてきた相手……雪宮の義母が悪い。

けど、そのことを言えば、また別の面倒なことになる。それだけは避けないと。

「……怒らせたと思ったってことは、あいつ、不機嫌なのか？」

「というより、落ち込んでるって感じだね。誰が話しかけても、ずっと冷たくあしらってる感じでさ」

「雪宮が冷たいのはいつものことだろう」

「そんなことないよ。いつもは優しいよ」

どこがだ。女子たちがあいつに話しかけているところを見たことあるけど、愛想なんて全然なかったぞ。どこが優しいんだ、どこが。

「あぅあぅあぅ……ウチ、心配なんだよぅ」

前の席に座り、俺の机に突っ伏す黒月。

まあ、こいつにとっては雪宮は大切な友達だもんな……そりゃあ、心配になるか。

「心配なのはわかるけど、あいつが何も言わないなら、俺に相談しても意味ないだろう。今はそっとしておいた方が、雪宮のためなんじゃないか？」

「それができたら苦労しないって。友達が落ち込んでんのに、指をくわえて見てるなんてできるわけないじゃんか」

そんなもんかね。俺なんか、淳也が落ち込んでたらまず間違いなく放置するけど。んで、あいつが「かまえよ！」と言うまでがいつもの流れである。

でも雪宮、そんなに落ち込んでるのか。あれから二日経つのに。……ちゃんと、飯とか食えてるんだろうか。また以前のようなジャンクなものしか食ってないんじゃないだろうか。

雪宮が落ち込んでいる原因って、どう考えても、あの電話のせいだよな。

義母と娘の関係、か。俺が考える以上に、複雑なものらしい。

知り合い程度の相手の、家庭の事情。そこに俺が干渉するなんて、できるはずもない。

…………。

「……なあ、黒月。聞いてもいいか？」

「なぁに～？」

「例えば、顔を合わせても挨拶をする程度の同級生が、事情もわからずかなり落ち込んでたら……黒月ならどうする？」

「んええ？　挨拶をするだけの相手かぁ～」

机に肘をついて、窓から外を見上げる。

その状況をシミュレーションしているのか、ぼーっとすること数分。黒月は肩を竦めて口角を上げた。

「助ける、かなぁ」

「……親しくない相手でもか？」

「うん。だって落ち込んでるんでしょ？　なら、ウチができることならなんとかしたいじゃん？」

「……黒月らしいな」

「でっしょ？　だからなおさら氷花ちゃんのことだったら、なんとかしたいんだよぅ……！」

またも机に突っ伏した。

そういや、黒月は……よっちゃんは、昔からそうだったな。

内気で、後ろ向き思考で、目立つことを恐れ……だからこそ、他人が落ち込んでいることに敏感に反応し、放っておけないから手を差し伸べる。

中身も外見も成長しているけど、根っこの部分は変わらない。

よっちゃんは、よっちゃんだ。

「ありがとう。参考になった」

「んおぅ？　どーいたしまして？」

理解していないのか、黒月はぼけーっとした顔で首を傾げた。

助ける、か。覚悟は決めたものの、さて、どうすればいいんだろうか。

家族の……それも、複雑な事情が絡んでくる。下手をすれば、今後二度と雪宮と私生活での関わりはなくなるだろう。

せっかく、少しは心を通わせてきたんだ。ここでミスるわけにはいかないぞ、俺。

とりあえず、今日の夕飯でも作っていってやるかね。あいつの好きな、唐揚げにしてやろう。いくら落ち込んで食欲がなくても、好きなものなら食べられるはずだ。

……あ、そうだ。

「黒月。どうにかしてやりたいなら、雪宮にコンビニのお菓子でも買ってやれ。お菓子好きらしいから、あいつ」

「そーなのっ？　なんか意外なものが好きなんだね」

確かに、普段の雪宮が、コンビニのお菓子なんて庶民的なものを食べてるところなんて想像できないか。俺も、あの汚部屋(おべや)を見てなかったら、いまいち信じられなかったろうな。

「……んぇ？　ねえ、はづきち。なんではづきちが、氷花ちゃんの好きなもの知ってるん？いつの間にそんなに仲良くなってたの？」

…………あ。

「あ、いや……こ、この前の親睦会(しんぼくかい)あったろ？　その時、そんなこと言ってたなーと思ってな。ははは……」

「あー、なーほーね。そっかそっかー、そんなことまで話してたんだぁ。ウチには話してくれてないのにね～」

なんでジト目で睨みつけてくるの、この子。

「お前は知育菓子が好きだろ」

「え、なんで知ってるん？　話したっけ？」

「昔好きだったろ。変わってないんだな、そこも」

「えへへ。あれだけはどーしてもやめられなくて～」

恥ずかしそうに頬を掻くと、そこにホームルームの開始を告げるチャイムが鳴り響いた。

「やばっ、戻んないとっ。はづきち、じゅーよーなじょーほー、感謝！」

「おう。今度ジュースな」

「あいあーい！」

椅子から跳ねるようにして立つと、黒月は元気いっぱいに教室を出ていった。

朝から嵐のような奴だなぁ、黒月は。

「はぁ～……疲れた」
雪宮に唐揚げを作ってやるために買い物に行ったけど、思いの外時間がかかってしまった。
やはりタイムセール狙いのおばちゃんたちは侮れない。
けど、今日はなんとか目当ての食材を手に入れることができた。こいつで美味い唐揚げを作って、雪宮に差し入れを……ん？

「……誰だ……？」

雪宮の部屋の前に、見知らぬ男性が立っている。

スラッとした高身長に、スーツをビシッと決めていて、髪も整髪剤で整えている。恐らく、既製品のスーツじゃない。自分の背格好に合わせて作られた、オーダーメイドのスーツだ。そっち系に疎い俺でもわかるくらい、高級感が漂っている。

銀縁眼鏡の向こうに見える、鋭い眼光。磨かれた黒の革靴。腕には、アルファという超有名ブランドの時計。

見るからにエリートサラリーマンというか、できる大人といった感じがした。明らかに、俺とは別次元に住む人間だ。

そんな人が、雪宮の家になんの用だ……？　押し売り……ってわけではなさそうだ。

「氷花、開けなさい」

『嫌。もう帰って……！』

「いい加減にしなさい」

……氷花？　それって、雪宮のことだよな。

別に酔っているようには見えない。けど、インターホン越しに雪宮と何か話している。てか二人とも、話に熱中して声量がエスカレートしてきている。さすがに時間を考えてほしい。あと、俺が部屋に入りづらい。こんな言い争っている横を無視して部屋に入れるほど、俺の神経は図太くないのだ。

「あの、騒々しいんですが。雪宮になんの用ですか?」

「……夜分遅くに、申し訳ない。しかしこれは、家族のこと。それに……君は娘のなんだね? 前にも私に話しかけてきたが」

……家族? 娘? 前に話しかけて?

……………………あ。

も、もしかして、あの時雪宮を見てた、ストーカー!?

て、ことは……え、雪宮のお父さん!?

やっべ。知らなかったこととはいえ、ストーカー扱いしてたわ。

と、とりあえず自己紹介をしなければ。

「……初めまして。八ツ橋葉月と言います。雪宮……氷花さんとは隣人で、同じ学校の生徒会長です」

「……生徒会長? だが他校と統合した後の白峰高校でも、娘が生徒会長だと聞いたが……」

「はい。白峰に統合される前の高校で、生徒会長をしておりました。任期を全うするまで氷花さんとはともに生徒会長として、生徒間の親睦を深めるべく手を取り合っています」

ふむ。我ながらナイスな自己紹介だ。

この手のタイプ……見るからに社会的地位がありそうで、さらにあの雪宮の父親ということは、結構肩書きと礼節を重視すると見た。

案の定、俺もまた生徒会長だということを改まった口調で説明すると、雪宮のお父さんは少し警戒を解いたように見える。

「先日は急に話しかけてしまい、申し訳ありません。しかし氷花さんをつけているように見えましたので、同じ学校の仲間として見過ごせないと思い、お声をかけさせていただきました」

「……ふむ。確かに以前の私の挙動は不審なところがあったな。娘を思っての行動だったのだろう。君の判断は間違っていない。誤解を招いてしまい、すまなかった」

「ありがとうございます」

ほ……よかった。普通に話が通じる人だ……じゃあなんで廊下であんなに雪宮と言い争っていたんだ？

雪宮のお父さんは、俺に正対して懐に手を入れた。

「自己紹介が遅れて申し訳ない。私は雪宮是清。氷花の父で、株式会社ユキミヤのＣＥＯを務めている者だ」

と、名刺を渡してくれた。

株式会社ユキミヤ……え、テレビコマーシャルでもよく見る、大手ＩＴ会社じゃないか。お嬢様だとは思っていたけど、ガチモンの社長令嬢……マジか。

「こ、これはご丁寧に、ありがとうございます。えっと……それで、雪宮さん。今は時間が時間ですので、廊下でお話しされるとちょっと……」

「む、そうだな……しかし娘が、部屋へ入れてくれないのだ」

……まさか雪宮の奴、義理のお母さんだけじゃなくて、実のお父さんとも仲悪いの？　なんともまあ……複雑なご家庭だな。

でもこれ以上は普通に近所迷惑だしな……。

そう考えていると……唐突に、雪宮の部屋の扉が開いた。

チェーンは掛かっているけど、雪宮はおずおずと顔を覗(のぞ)かせた。

「氷花」

「…………」

気まずそうに顔を伏せる雪宮と、無表情のままの雪宮のお父さん。

これ、俺がここにいていいのだろうか。どうしよう、立ち去るタイミングを逸した。

「氷花、入れなさい」

「……いや」

「氷花」

「やだ。もう帰って」

ああ……なるほど。こんな感じで、さっきからずっと押し問答していたのか。

って、こんなことしてたら他の住人が怪(あや)しむって……！

「ま、まあまあ、落ち着いてください。もう夜も遅いですし、また日を改めて……！」

二人の間に割って入ると、雪宮のお父さんが鋭い視線を向けてきた。こわ。怖すぎだろこのおっさん。とても初老男性の眼力とは思えない。大企業の社長ともなれば、これが普通なのかもしれないけど。

　でも、ここで俺が退くわけにはいかない。何より、近所迷惑すぎる。主に隣人である俺の。

「このまま食い下がっていると、他の住人に怪しまれますよ。通報なんてされると、氷花さんもあなたもあまり世間体がよくないのでは？」

「……ふむ。私に対して脅しをかけようと？」

「社会的な気遣いです」

「……なかなか面白いな、君は」

　面白いと思うなら少しでも笑ってくれ。親子揃ってむすーってして……仲悪いくせに変なところで似すぎだろう、これは。

　雪宮のお父さんはしばらく俺を見た後、肩の力を抜いて踵を返した。

「次の日曜の朝、また来る。逃げられないと思っておくことだ」

　そう言い残すと、こちらを振り向かずに真っ直ぐ去っていった。

　姿が消えるまで背筋を伸ばし……ようやく、息がつけた。

　はあぁ～……寝る前に、なんでこんなに気疲れしなきゃならないんだ。せっかく風呂に入ってリラックスできたのに。

「おい雪宮、大丈夫か？」

「…………」

　返事がない。大丈夫じゃなさそうだ。そりゃそうか。あんなことがあったら、誰だって気が滅入る。

「親父さんと話をする前に、俺とちょっと話をするか?」

「……入って」

なんと。俺はちゃんと入れてくれるらしい。一応、信頼されてるってことでいいのかね。

チェーンを外した雪宮に促されて部屋に入ると、まだ猫グッズは袋から出していないのか、リビングの端っこに積まれていた。

雪宮はリビングの椅子に座ると、しゅんとした顔で俯いた。

「あー……ごめんな。変なタイミングで口を挟んで」

「いえ……助かったわ。ありがとう」

……弱ってんな。当たり前だけど。

にしても、まさかあのストーカーおっさんが、雪宮の親父さんだとは……さすがに驚いた。

雪宮の前に座り、とりあえず無言で向き合う。

話すと言ったものの、いったい何を話せばいいのやら。いろいろ聞きたいことはあるけど、どう切り出せばいいのかわからない。

頭の中で言葉を選んでいると、雪宮がゆっくり口を開いた。

「……もうわかっていると思うけど、さっきのは私の父よ。実のね」

「あ、はい」

まさかそのことに雪宮から触れてくるとは。

家庭の事情には踏み込まないでほしいって言ってたけど……それくらい、精神的に参ってるってことなのかもな。

実の、を強調したってことは、俺が実母はもういないと知っているからか。

両親が別れたか、あるいは……。

嫌な考えが頭をよぎるが、続く雪宮の言葉に思考を中断した。

「まあ見ての通り、関係は悪いというか……父のことが、ちょっと苦手なの」

「意外だな。雪宮にも苦手なものがあるのか」

「あの通り、仏頂面だから、何を考えてるかわからないの。……昔は、もっと笑ってた思い出もあるけど」

雪宮を以てして、何を考えてるかわからないと言わしめるほどなのか。

俺からしたら、雪宮が何を考えてるのかわかんないけど。似たような感覚か。

「えっと……何で雪宮の部屋に来たんだ？　あれだけ邪険にされてるなら、親父さんも疎まれてるのはわかってると思うけど」

「それは……一人暮らしの条件なのよ」

「条件？」

「……ちゃんと、日常生活が送れているか。それが最低条件」

……え？

「ちゃんとって、掃除できてたり料理できてたり？」

「ええ。二カ月に一回、父か義母が確認に来るのよ」

「義母……このあいだの電話に怯えてたのって、そういう理由？」

「それもあるけど……あの人、私のことが嫌いみたい。毎日きつく当たられていたし、言葉も辛辣で棘があって……家にいても、本当に辛かった。……だから、父にお願いして一人暮らしさせてもらったのよ。あの人たちと一緒にいるくらいなら、一人でいたい。そのためなら頭の一つや二つくらい下げるわ。そしてもう、絶対に戻りたくない。あの人たちの所になんか」

雪宮の目に、拒絶の色が浮かぶ。

境遇は違うけど、うちと同じだ。

俺の両親は仕事ばかりで俺に無関心。雪宮の両親は、雪宮に対する愛情が感じられない。だから一人暮らしをしたい……雪宮の気持ちは、嫌というほどわかる。

「私が一人暮らしを始めたのが、今年の二月。だから今日が、初めての見回りだったのよ」

「そうか……いや待て。それ俺が手を貸さなかったら、あの汚部屋を見られてたってことだよな。それなのにどうしてちゃんと掃除とかしなかったんだ」

「前日に家政婦を雇って、掃除と料理をしてもらうつもりだったの。料理は作り置きしてもらって、温めるだけにしておけば、父の前で一から作るってこともしなくて済むし」

クソガキムーブじゃん。悪知恵めっちゃ働くな、こいつ。

しかも金をそんなところに使うな。それに作り置きをレンチンなんてしたら、一発でズルがバレるし。頭いいのかバカなのかどっちかにしろ。

雪宮の言葉に頭痛を覚えこめかみを押さえた。まったく、こいつは……。

「はぁ……まあ最低限、部屋は綺麗にしてるからいいとして……料理はどうする。次の日曜日には、親父さん来るんだぞ」

「う……や、八ツ橋くん。お願いが……」

「断る」

「まだ何も言ってないのだけど」

「言わなくてもわかる。俺に料理作ってくれって言いたいんだろ。断る」

断固拒否する俺の顔を見て、雪宮は珍しくシュンとした顔で黙ってしまった。

悪いな雪宮。これぱっかりは自分の責任として、受け入れろ。

「だからって、俺も手伝わないわけではない。雪宮が望むなら、ちゃんとした料理を教えてやるよ。何を作りたい？」

「料理……ぁ……くじゃ……」

どうやら希望の品があるようで、雪宮はぼそぼそと何かを言っている。

「なんだ？」

「……に……にく、じゃが……」

「肉じゃがか」

こくこくと頷く雪宮。

確かに肉じゃがなら、それなりに手間もかかる。

今の雪宮ではちょっと難しいかもしれないけど……やる価値は、大いにあるな。

「わかった。じゃ、明日作り方を教えてやるから」

「う、うんっ」

やる気はじゅうぶん。鼻息を荒くさせた。

「当面は、肉じゃが作りに専念するとして……雪宮、昨日と今日はちゃんと飯食ったのか？」

「……こ、コンビニで、なら……」

気まずそうに目を逸らす。視線の先には、レジ袋にまとめられたコンビニ弁当と、お菓子が大量に買い込まれていた。

「お前な……」

「だ、だって仕方ないじゃない。お腹は誰だって空くものだし……す、ストレスでの爆買いと爆食いも、普通でしょ」

「気持ちはわかるが、飯なら俺に言え。頼まれれば、なんでも作ってやるからさ。せっかく健康にいい生活をしてたのに、台無しだぞ？」

「……ごめんなさい……」

あら、意外と素直。まだ精神的に参ってるってことなのかもな。ちょっと拍子抜けというか……まあ、反省してるなら、これ以上あれこれ言うのはよそう。

「……腹、減ってるか？」

「へ、減ってなんか……」

「素直に言えばいい。……減ってるよな」

「う」

雪宮は喉を詰まらせたが、次の瞬間に大きな地鳴りのような音が響いた。もちろん、雪宮の腹から。

「……空いて、ます」

「素直でよろしい。唐揚げ、作ってやるよ」

「……いいの？」

「お前に作ってやろうと思って、材料も買ってきたからな。無駄にしないためにも、食ってくれるとありがたい」

「……し、仕方ないわね。そういうことなら、食べてあげるわ」

はいはい。まったく、もう少し素直になってもいいのに。

ま、こういうところも、雪宮の魅力……ってことで、いいのかもな。

あれから、一週間が経った。その間、かなり本気で教え込んだかいがあり、肉じゃが作りだけなら結構上達した気がする。

だがしかし、ここで懸念が一つ。

今回、雪宮が一人で料理をするってのが前提だ。でも、そもそも今まで雪宮一人に料理をさせたことがない。

不安だ……果てしなく不安だ。

前日に食材を買いに行ったから、冷蔵庫には肉じゃがの材料が詰まっている。というか、この一週間、ほぼ毎日夕飯は肉じゃがだったから、食材を見るだけでげんなりしてくる。にしても、雪宮の家の冷蔵庫にこんなに食材が入ってるの、初めて見たな。

「雪宮、大丈夫か?」

「だだっだだだっ、ダイジョーブ……!」

全然ダメそう。雪宮が緊張すると、俺まで緊張してきちゃうんだけど。本当に心配になってきた。

緊張している雪宮と一緒に、最終チェックとして部屋を掃除したり、先日買った猫グッズを飾っていく。

殺風景で寂しかった部屋が猫グッズで溢れ、一気に華やかになっていった。

「ほう……こうして見ると、俄然女の子の部屋っぽいな」

「失礼ね。元から女の子の部屋なのだけど」

「そうかもしれないけど、そうじゃない」

あんな殺風景な部屋で女の子の部屋って言われても、誰も信じないって。ミニマリストの部屋の間違いだろう。

棚に乗っている猫型の時計を見ると、もう十時近くになっていた。

準備は万端。あとは親父さんが来るのを待つだけだ。

「コーヒー飲むか？　ちょっと一息つこうぜ」

「ひ、一息つく余裕がないわ」

「だからその余裕を作るためだよ。ほら、席座れ」

雪宮を席に座らせると、コーヒーを淹れてリビングに持っていった。

本当はミル挽きコーヒーを試してみたいところだけど、凝りだしたら沼にハマりそうだから断念した。まあ、俺も雪宮もこのメーカーのインスタントコーヒーは好きだから、問題ないが。

「コーヒーの香りにはリラックス効果がある。それに言わずもがな、眠気覚ましにもなるくらいだから頭がシャキっとする。親父さんが来るまで、ゆっくりしてよう」

「……いただきます」

マグカップを持ち、香りを胸いっぱいに入れる。

うん、いい匂いだ。この香ばしい匂いが好きで、飲んでるまである。

雪宮も同じなのか、香りを嗅いでそっと息を吐いた。

……いや、まだ手が震えてる。相当緊張してるみたいだ。

「そんなに怖いのか？　親父さんは」

「いえ。前にも言ったけど、怖いというより、苦手なのよ。……一人暮らしのお願いをする前は、もう七年もまともに話してなかったわ」

「七年……」

てことは、雪宮が十歳前後の頃か。

確かにそんなに話してなかったら、苦手意識を持つのは仕方ない。

「父が義母と再婚したのもその頃。父の秘書だった人よ」

うわ、余計複雑。気まずすぎる。

「義母って、お前のことが嫌いっていう……」

「ええ。ものすごくきつく躾（しつけ）られたわ。本人は料理もしない。家事もしない。すべて家政婦任せ。なのに作法とか、仕草とか、姿勢とか……自分は口出しをするだけ。怒られなかった日はないくらい、怒られたわ。すべてはあなたのためとか、会社を継ぐためにとか……本当、嫌になる」

毎日ガミガミ言われるのか。それは……確かにきついな。

株式会社ユキミヤほどの大企業にもなると、社内のことだけじゃなく、外部の人間とも関わることが増えるだろう。

下手（へた）な発言や、品格に劣る行動はできない。だから義理のお袋さんは、厳しく躾を……。

気持ちはわかるし、理由もわかるけど、そこに雪宮の思いが伴ってないんじゃ意味がないだろう。雪宮が継ぎたいと言えば話は変わるだろうが、そうじゃなければただの嫌がらせと変わらない。

「それが本当に嫌でね……去年の暮れに我慢の限界が来て、父に直談判（じかだんぱん）したわ。社会勉強のために一人暮らしをさせてほしいって。本当の理由は、逃げたかっただけ。……軽蔑（けいべつ）する？」

「いや、別に」

即答すると、雪宮がぎょっとした目で見てきた。

な、なに？　怖いぞ。

「……軽蔑、しないの？」

「まあ、うん。俺だって似たような環境なら、逃げるだろうし」

「でも、今まで偉そうにしていたのよ、私。あなたに対して……」

「関係あるかそれ？　お前が偉そうでも、そうじゃなくても、それが雪宮だろ」

何をそんなに構えているのやら。軽蔑なんて今更しないって。

「それより、俺はお前を褒めたいね」

「……褒めたい？　逃げた、私を……？」

今にも消え入りそうな声で、雪宮は呟く。

「男だって、女だって、大人だって、子供だって……誰だって、挫けることはある。でも雪宮は、また立ち上がって、前に進んだ。それは、誰にでもできることじゃない。俺は雪宮氷花という女の子を、心の底から尊敬する。俺が見てきた誰よりも、強い女性だと断言できる。……そのことだけは、誇っていいだろ」

「――――」

今のは俺の本心だ。嘘偽りのない、心からの言葉だ。

俺が毎日そんなふうに怒られてたら、普通にグレる。それか鬱になって引きこもる。

放任すぎるのも考えものだけど、躾が厳しすぎるのも嫌だ。雪宮も、つらい人生を歩んできたんだな。なんとなく似た者同士なのかも、俺……ら!?

「ちょっ、雪宮っ、涙！　涙！」

「……え……？　ぁ……」

無表情のまま、涙を流す雪宮。

慌(あわ)ててティッシュを渡すと、ゆっくり涙を拭(ふ)いた。

「す、すまん。何か踏み込みすぎちまったか……？」

「ち、ちがうわっ。確かに踏み込んできたけど……まったく、嫌な気持ちじゃないの」

そう言ってくれると、ちょっと安心。

焦(あせ)った。なんで急に泣きだしたんだよ……女心、わからん。

そのまましばらく待っていると、少し目を充血させた雪宮が、真っ直ぐ俺を見つめてきた。

「もう、大丈夫。すごく心が軽くなったわ」

「そうか？　まあ、ストレスがかかってたんだ。涙が出るのは仕方ないさ」

「泣いてしまったのはあなたのせいだけどね。あなたに泣かされるなんて、一生の不覚よ」

「俺、なんもしてないけど」

「……ばーか」

こ、こいつ……くそ。やっぱこいつ、気に食わん。

ニコニコと罵倒(ばとう)してくる雪宮から視線を逸らし、コーヒーをする。

と、その時。玄関のチャイムが、鳴った。

雪宮を見ると、さっきまでの緊張は消えてリラックスしていた。もう大丈夫そうだな。

どちらからともなく頷き、雪宮は客人を迎え入れるべく立ち上がった。

「はい。……今開けるわ」

インターホン越しに話をし、今日は素直にドアを開けた。

それに驚いたのか、親父さんはきょとんとしている。

その顔、本当に似てるな。さすが親子。

「……お邪魔する。……む？　君は八ツ橋さんだったね。どうして君が娘の部屋に？」

「おはようございます。実は……」

「八ツ橋くん、待って。私が説明するわ」

雪宮は深呼吸をすると、親父さんの目を見つめた。

「彼は私の先生よ。私に家事全般を教えてくれる、大切な人。今日は同席させてもらうから、いいわよね」

「大切な人だと？」

親父さんの目がこっちへ向く。

ちょちょちょ。雪宮、何言ってんの。それじゃあ誤解を招く心配が……！

だけど異議を挟めず、ぎこちなく笑みを見せた。

もうどうにでもなーれだ。

「そうか。……では、入らせてもらう」

え、それだけ？　なんかもっとこう、男と女が同じ部屋にいるとは何事かとか、きつく言われるのかと思ったけど。

親父さんは靴を脱ぎ部屋へ上がると、キッチンをぐるりと見回した。

「ふむ……全体的に綺麗にしているな」

「え、ええ。さっきまで掃除していたから」

雪宮、嘘はいかん。ほとんど使ってないから綺麗なままなだけだろう。めちゃめちゃ目が泳いでるし。

そのまま風呂場やトイレを確認し、いよいよリビングへ。

リビングに入ると、親父さんの目が見開かれた……。

「これは……にゃんこか」

「ええ、にゃんこよ」

にゃんこて。いい歳したおっさんが、にゃんこて。

まあご家庭なりの言い方があるんだろうけど、ちょっとびっくり。

親父さんはリビングの棚に乗っている、猫のぬいぐるみを持ち上げた。

「懐かしいな……母さんもお前も、にゃんこが好きだったな」

「……うん」

雪宮も寂しそうに……けど、柔らかな表情で頷いた。

母さん、か。この場合は、雪宮の実母のことを言っているんだろう。雪宮の嫌いな義母が好きなものを、雪宮が好きになるとは思えないし。

親父さんも当時のことを思い出しているのか、目の奥がすごく優しげだ。

「……部屋の状況はわかった。ちゃんと綺麗にしているようだな」

「ええ。もちろんよ」

本当は家政婦に任せようとしてたくせに、何でドヤ顔してんだ、こいつ。

親父さんは寝室もくまなく見て回ると、雪宮の目につかないようにほっと息を吐いた。まるで、安心したかのように。

「では、次に料理の腕を見せてもらおうか」

「……わかったわ。席について待ってて。八ツ橋くんも。……私が、一人で頑張るわ」

「……ああ。頑張れよ」

雪宮は気合いを入れて頷き、エプロンを着けてキッチンへ。

俺と親父さんは、二つしかない席で向かい合わせに座った。

先に雪宮が淹れてくれたコーヒーを出されるが……さて、ここでクエスチョン。俺の今の気持ちを述べよ。

アンサー。気まずい。

だってそうだろ。雪宮の親父さんと二人きりって、気まずくない方がどうかしている。

これ、俺から話しかけた方がいいんだろうか。それとも無言を貫く（つらぬ）べき？

わからん。誰か教えてプリーズ。

「八ツ橋さん」

「はっ……はい……？」

まさか親父さんから声をかけてくるとは……。

親父さんはコーヒーの入ったマグカップを置き、そっと息を吐いて口角を上げた。

「緊張することはない。少し、私とのお喋り（しゃべ）に付き合ってほしいだけだ」

「は、はぁ……？」

なんとなく居住まいを正すと、親父さんは声を潜（ひそ）めて話しだした。

「もう聞いているだろう。うちの親子関係のことは」

「そ、そうですね。ざっくりとは……」

「それでいい。……私は再婚した身でね。相手は私の秘書をしてくれていた女性。娘の実母は、十二年前に亡くなった」

「……そうですか。それは、なんと言っていいか……」

「もう昔の話だ。気にすることはない」

親父さんも受け入れているみたいで、少し寂しそうな顔をしただけだった。

死別か。何となくそうじゃないかと思ってたけど、悪い予想が当たったたな。

「私は起業したばかりで、子育てというのをしたことがなかった。すべて、前妻に任せていてね。でもできるだけ、娘とも接するようにはしていた」

……そういや、昔はもっと笑ってたって言ってたっけ。

親父さんは当時のことを偲ぶように……けど、苦しそうに、語る。

「事業が軌道に乗り、それなりの大金が入ってきた。すべては順調だった……が、その幸せも長続きしなかった。……あれの母が、事故でこの世を去った」

「そう、でしたか」

幸せの絶頂と、不幸のどん底が同時に来る。

今の俺では、想像することもできないほど、混迷した状況だったんだろう。

「妻は亡くなったが……軌道に乗った仕事を、途中で放棄するわけにはいかない。だから家政婦を雇い、家のことや娘の世話を任せ……」

そこまで言い、親父さんは口ごもって自嘲の笑みを浮かべた。

自分のしてきたことが間違いで、愚かだとでもいうように。

「この言い方はずるいな。……私は逃げたのだ。仕事を言い訳にし、家のことから、娘から」

「心中お察しします」

「ありがとう。……そうして仕事に打ち込む私を、今の妻は秘書の時代から支えてくれた。亡くなった妻を想う気持ちに嘘はない。今も愛していると言えるが……時というのは残酷だ。私は彼女に惹かれ、そして、結婚した」

ここまで話し、親父さんはコーヒーで口を湿らす。

そんなことがあったんだな、雪宮家には。

本当、なんて反応したらいいのかわからない。高校生が聞くには、重すぎる内容だ。

だけど……一つだけ、気になることがある。

「あの、どうしてこのことを俺に？」

俺と親父さんは、一週間前がほぼ初対面。こんな込み入った事情を明かすような仲じゃない。

それに、俺の想像が正しければ、こちらに対する初対面の印象は最悪だったはずだ。なんたってストーカーに間違われたんだから。

こんなことを話されても困る。どう反応していいの、これ。

またもきょとんとした顔をする親父さん。腕を組み、口元を手で隠した。

「ふむ。どうして……どうして、か。どうしてだろうな」

「いや知りませんけど」

「理由と動機か。このことを言語化すると難しいな。なんとなく……予感……いや、確信？

ふむ、この言葉が一番合う気がする」

……ぶつぶつと、何を言って……？

首を傾げていると、親父さんはじっと俺を見つめ、顔を綻ばせた。

まるで、息子を見るような……そんな顔だ。

「娘が、君を信頼している。君を信用している。だから私も、君を信じて話をした。確信をもって、君はいい人だと思った。……これが理由だ」

真っ直ぐに。裏のない言葉で紡がれた。

思わず、喉に絡まった唾液を飲み込む。

「お、俺、氷花さんに信じてもらえるほどの人間では……」

「そう思っているのは、八ツ橋さんだけだよ。あの子は君を信じている。間違いない」

俺は、雪宮から信じられているとは思っていない。そもそも、あいつがそんな簡単に人を信じる奴とは思えないし。

けど……少なくとも、親父さんは俺を信じて話してくれた。

なら俺も、それに応えなきゃいけない。

姿勢を正して親父さんの目を真っ向から受け止めると、彼は満足そうに頷いた。

「八ツ橋さん。娘のこと、これからもお願いします」

「……はい、任せてください」

もちろん、家事の先生としてな。それ以上の意味はない。わかってるさ、そんなこと。

親父さんと話が弾んでいると、いつの間にか結構な時間が経っていた。

猫の時計が「にゃ〜」と鳴き、十二時を知らせる。

ちょうどその時。雪宮が深鉢にこんもりと盛った肉じゃがを持ってきた。

「お、お待たせしました……！」

雪宮はまだ緊張してるみたいで、動きがぎこちない。

肉じゃがと合わせて、ご飯もよそってきた。

それこそ山のようというか。例えるなら日本昔ばなし盛りだ。

おい、こんなに食えってか。さすがに、親父さんもこんなには食えないだろう。

チラッと親父さんの方を見る。と……どこか懐かしむような目で、肉じゃがを見つめていた。

「肉じゃがか……」

「ええ。……嫌いだった？」

「いや……好物だ」

「……そう」

…………。

うーん、気まずい。

さっき俺と話してた時は和やかな感じだったのに……やっぱりこの二人、仲悪いんだな。

いや、仲悪いというより、雪宮は親父さんに苦手意識を持っていて、親父さんはどう接したらいいのかわからないって感じだ。

俺らの前に置かれた大量の肉じゃがとご飯を前に、親父さんは手を合わせる。

「いただきます」

「ど、どうぞっ」

親父さんは挨拶をして、おもむろにじゃがいもへと箸を伸ばす。

そして……口に運んだ。

目を閉じ、味わうように咀嚼する。

もぐ、もぐ、も……。

そこで何を思ったのか、急に親父さんは目を見開いた。

「……甘い……」

「え？　そんなはず……う」

雪宮も一口食べると、眉間に皺を寄せた。

どれ、俺も。……うぐっ、甘……！

なんかもう、砂糖とみりんの分量間違いすぎだろってぐらい甘い。どんだけ分量ミスったらこんなに甘く作れるんだ。ちゃんとメモを確認したのか？

「ゆ、雪宮っ、味見は……!?」

「ぁ……わわわっ、忘れ……！」

このお馬鹿！　味見しろっていつも言ってるのに……！　これじゃあ、ちゃんと家事をできてないって判定されるぞ。そうなったら雪宮は、帰りたくもない家に連れ戻されて……！

「あ、あのですね、雪宮のお父さん。これはその……！」

「………………」

「……あの……？」

親父さんは無言で飲み込み、肉を口に入れ、米を頬張る。まるで、何日も食事を摂ってなかったかのようながっつき具合に、俺も雪宮も目を丸くした。

「……肉じゃがは、私の好物だ。……氷花。お前の母さんが、私に最初に作ってくれた料理だから」

「お母さんが……？」

「あの時、母さんも同じ失敗をした。彼女が、私に作ってくれた甘い肉じゃがの味……今でも鮮明に、思い浮かぶよ」

雪宮も初耳だったのか、目を見開いて肉じゃがに視線を向けた。

親父さんは一口、また一口と咀嚼し、飲み込む。

「……あの甘い味加減も、彼女のことも……忘れない……忘れる、ものか……」

ぁ……涙……。

当時のことが胸に蘇ったのか、涙する親父さん。

大の大人とか、男とか、親とか……そんなことは、関係ない。

ただ一人の人間として、思い出の味に涙を流す。

親父さんは涙を拭くのも忘れて、肉じゃがに箸を伸ばし続けた。

脇目も振らず、ただ一心に、肉じゃがと米を頬張る姿は……なんとなく、美しく思えた。

そんな親父さんを初めて見たのか、雪宮は呆然としていた。

「雪宮、大丈夫か？」

「……え、ええ。……お母さん……私と、同じ失敗を……」

まさか同じ失敗をしていたとは思わなかったのか、雪宮はそれ以上何も言えず、親父さんと肉じゃがをただただ見つめる。

なら、俺がここに座っているのはおかしい……か。

「雪宮、こっち座れ」

「え、でも……」

「いいから」

席から立って、親父さんの対面に雪宮を座らせる。

雪宮は不安そうに俺を見上げるが、俺は大丈夫と言い聞かせるように頷いた。

「雪宮、飯を食おう。この意味、わかるよな?」

「……うん。……いただきます」

手を合わせた雪宮も、肉じゃがに手をつける。

一口食べ。二口食べ……雪宮の目からも、涙が溢れた。

鼻水をすすり、肉じゃがを頬張っては米を掻き込む。

いつも俺に見せている、義母に躾られた上品な食べ方ではない。だからといって、下品な食べ方というわけでもない。一生懸命、一心不乱に食べる。

でも、こういう食べ方だっていいじゃないか。

今だけは——家族、水入らずなんだから。

「……お見苦しいところをお見せした」

「八ツ橋くん、ごめんなさい……」

見事に全部完食した二人が、恥ずかしそうに目を伏せた。

こういうところ、本当によく似てるな。

涙で目元を腫らしている二人に濡れタオルを渡し、首を横に振る。

「まったく気にしてないので、大丈夫ですよ。お二人が美味しそうに食べてるのを見て、俺も満足ですから」

「そう言ってくれると、ありがたい」

口元を綺麗に拭った親父さんは、時計を見て立ち上がった。

「長居をした。そろそろお暇する」

「え？」

雪宮がきょとんとして、俺と親父さんを交互に見上げる。俺も、雪宮と親父さんの顔を交互に見た。

これは……許された、ってことでいいのだろうか……？

親父さんは玄関に出て、革靴を履く。

無言だ。無言すぎる。どっちだこれ。

さすがにこのまま帰すと、どっちか気になりすぎて夜も眠れない。

「えっと……雪宮のお父さん」

「……八ツ橋さん、私のことは是清と。それか、お義父さんでいい」

「え。あ、じゃあ是清さん」

「……何かね？」

なんで残念そうなんだよ。

あとおとうさんって、お父さんだよな。お義父さんじゃないよな。

……掘り下げると面倒なことになりそう。スルーしよう。

「えっと……氷花さんの部屋に来た理由って、一人暮らしができているかの確認ですよね。どうでした？　よくできていましたか？」

「……美乃には、私から説明しよう」

それでは。と言い残し、是清さんは部屋を出た。

後に取り残された、俺と雪宮。呆然と互いに顔を見合わせる。

……これは、つまり……？

「許された、ってことでいいのかしら……？」

「ああ、多分な」

美乃っていうのが、雪宮の義母ってことだろう。

多くを語らず、『説明する』ってだけ伝えたということは……ま、そういうことなんだと思う。

「よかったな、雪宮。これで一人暮らし継続できるぞ」

「そ、そうね。……そういうことよね……はぁ～」

安心したからか、雪宮はへなへなと廊下に座り込んでしまった。

気持ちはわかるぞ。関係のない俺だって、めちゃめちゃ緊張してたんだから。

……まあ、何故か最後の方は、なし崩し的に巻き込まれた感じもしないでもないけど。

「にしても、あのタイミングで味見しないとか、焦ったぞ」

「うぅ……し、仕方ないじゃない。とにかく完成させなきゃって思っていて……あ、焦っていたのよ」

「はぁ……まあ、ミスって結果オーライだったけどな。図らずも、是清さんの思い出の味になったわけだ」

だからって、どういう分量で砂糖とみりんを入れたらあんな甘くなるのやら……。

こりゃ、しばらくはまだ俺がついてないとダメかな。

なんか知らないけど、是清さんからも雪宮のこと頼まれたし。

「立てるか？」

「……無理そう。手、貸してくれない？」

「え」

「何よ」

「いや……うん……」

手を貸す……手を貸すって、あれだよな。手を貸すだよな。

いやいやいや。うん、わかってる。俺が混乱してるのは、俺が一番よくわかってる。

だがしかし、俺の気持ちをわかってほしい。

生まれてこの方、女子の肌はおろか、手にさえまともに触ってこなかった男子高校生ですよ、わたくし。

でもこのまま放置するわけにもいかないし。

ぐ、ぬ……うぬぬぬぬ……。

「し、仕方ないな……ほら」

おずおずと手を差し伸べる。

くぅっ、まさかこんなところで女子と手を繋ぐことになるとは……！

……いや厳密には繋いでないいんだけどね。まあ気持ち的に。

「ありが……ぁ」

と、手を取ろうとした雪宮が、ちょっと気まずそうに顔を背けた。

何してんだこいつ。手を貸せって言ったの、お前だろ。

「雪宮？」

「……いえ、なんでもないわ。ありがとう」

そっと手を握ると、雪宮はゆっくりと立ち上がった。

うわ、柔らか。すべすべ……！

それに思ったよりも小さいし、下手に力を入れたら折れちゃいそうだ。

雪宮を伴ってリビングに入り、ゆっくりと席に座らせる。

「大丈夫か？　飲み物いる？」

「……いただくわ。冷蔵庫にお茶のペットボトルがあるから、お願い」

「はいよ」

手……しばらく洗わな……いやいやそれはダメだ。何考えてんだ、俺は。馬鹿か。

頭を振ってロクでもない考えを脳内から追い出し、冷蔵庫からペットボトルを持っていく。

「ほれ。俺も一本貰うぞ」

「ええ、どうぞ」

雪宮の前に座ってお茶で一息つく。

……にしても、雪宮があんなに泣くとはな……ちょっと意外というか、新しい雪宮を見たって気がする。

雪宮も同じことを考えてるのか、もじもじとしていて俺を見ようとしない。

まあ、俺も雪宮に触れちゃって気まずいんだけどさ……このまま黙ってるのは、さすがに気まずすぎる。

えっと……あ。

「それにしても、驚いたな。雪宮から話を聞いてる限り、是清さんってもっとこう……取っ付きにくいかと思ってた」

「私もよ。……あんなに泣いたお父さん、初めて見た」

「人前で泣かなそうな人だもんな、是清さん」

「というより、口数も少ないわ」

料理が運ばれてくるまでは、結構饒舌に喋っていたけど……このことは、是清さんのためにも黙っておこう。

でも、是清さんにあんな過去があったなんてな。奥さんが亡くなった現実を受け入れられずに仕事に打ち込み、その結果雪宮との関係も悪くなる。

不幸な悪循環だったかもしれない。だけど、是清さんの気持ちもわからなくもない。

もし俺が同じ立場になった時……どっちを選ぶのが、正解なんだろうな。

……あと、本当になんで俺に過去の話をしてくれたのか、やっぱりわからない。是清さん、いったい何を考えてるんだ。

答えの出ない疑問に悩んでいると、雪宮がそっと嘆息した。

「ね、ねえ、八ツ橋くん。……私があんなに泣いたこと、誰にも言わないでよ」

「え？」

「私が人前で泣くなんて、学校のみんなに知られたくないの。ほら、私ってその……」

ああ……そうか。雪宮って学校ではキリッとしてて、可愛いってよりはかっこいいって感じだもんな。清廉潔白でクールなイメージがあるし。

そんな雪宮が人前で大泣きしたなんて知られたら、イメージダウンに繋がるか。

「別に知られてもいいと思うけど。その方が、みんなも親しみやすくなると思うぞ。友達増えるかもよ」

「友達なんていらないわよ。信頼できる人が一人か二人いれば、それだけで」

雪宮は俺を見上げて、少しだけ微笑む。

信頼……そういや、是清さんからも言われたな。雪宮は俺を信じてるって。……信じてんのかな、本当に。

「なあ、雪宮って俺のこと信用してる？」

「してないわよ。してたら、こんなこと念押しするはずないじゃない」

是清さん、あんたの予想外れたぞ。

えぇ……信用してないの？　あれだけのことがあったのに？　普通にお互いの部屋を行き来するような仲なんだけど。信用してなきゃ、男女でこんな関係性にならないだろ。

まあ、変に信用されても困るんだけどさ。何かの弾みで俺、狼にならないとも限らないもの。

でもちょっとくらい信用してくれてもなぁ……。

なんて思っていると、雪宮がふふっと笑顔を見せた。

「信用はしてないわ。でも、信頼はしているわよ」

「……何が違うの？」

「どうかしらね。考えてみて」

俺みたいな馬鹿の頭で考えても答えが出るはずないだろ。おい、楽しそうな顔をすんな。

今のやりとりで気まずさが取れたのか、雪宮は俺の目を真っ直ぐと見てきた。

「それより、信頼している八ツ橋くんにお願いがあるの」

「……なんだ？　この信頼している八ツ橋さんになんでも話してみろ」

「ちょっと腹立つわね」

「おい」

「冗談よ」

だからお前の冗談は……まあいいや。

「で、どうした？」

「……もう一度、肉じゃがの作り方を教えてほしいの。お願い」

「え、肉じゃが？　でももう、ほとんどできてただろ。あとはちゃんと味見さえすれば……」

そう言うが、雪宮は首を横に振った。

……いや、俺じゃない。俺を見ているようで、見ていない。

俺のさらに向こうというか、過去に思いを馳せているみたいな……。

「私とお母さんを繋ぐ、大切な思い出の料理だから。……きちんと、覚えたいの。レシピも見ずに、ちゃんと作れるように」

「……そっか。わかった。俺にできることなら手伝うよ。でも、お袋さんの肉じゃがの味、覚えてんのか？　このままじゃ俺が教えた、俺の味の肉じゃがになるぞ」

「覚えているから、大丈夫よ。ちょっとずつ味を調整していけば、いずれ見つかるわ」

いずれって、いつになるのやら……もう一週間も毎日食ってるけど、こっからどれだけ作ればいいのか、わからないし。

けど、雪宮の真剣な目……応えないわけには、いかないか。

「……なら、見つかるまで、しっかりと手伝ってやるよ」

「ふふ、ええ。……ありがとう、八ツ橋くん」

「――――ッ」

……驚いた……なんというか、雪宮ってこんな笑い方もできるのか。

今まで見せてくれた笑顔とか、ちょっと比べものにならない。

まるで、写真に時を閉じ込めたかのように嫣然と微笑む彼女は、まさしく本物の女神のようで、どこか現実味がない。全身がカッと熱くなり、思考や触れるものすべての感覚が鈍る。

見たことがないほどの美しい微笑みに、俺も思わず見惚れてしまい……目を逸らして、お茶の渋みでこの気持ちを紛らわせるのだった。

エピローグ　歌

　図らずも、雪宮家の事情を垣間見てしまった日の夜。なんとなく眠れず、ベランダに出て満月を見上げていた。

　時刻は夜中の二時。もう、月曜日になっちゃったんだけど。

　普通に学校もあるから、寝ないといけないのはわかってるんだけどなぁ……残念ながら、まったくと言っていいほど眠くない。

　授業中、少しでも居眠りするとめっちゃ怒られるんだよな。でもサボると普通に授業についていけなくなるし。

「はぁ……まさか、こんなことになるとは」

　今更、雪宮に関わるのをやめるなんてことはしないけど、是清さんが、なんか親公認みたいな空気出してたし……いや、何に対しての公認なのかはわからないけどさ。公認って関係でもないだろ、俺たちなんて。

　友達……でもないな。生徒会の仲間……強いて言うなら……隣人？　やっぱり隣人が一番しっくりくる気がする。

それに……雪宮の義母についても、まだ終わってなさそうだし。

義母……美乃さんとか言ったか。雪宮が家を嫌になった元凶……できれば会いたくない。

雪宮と一緒にいたら、変に関わってきそうで嫌だな。

「はぁ……これからも面倒なことに巻き込まれそうだ……」


「巻き込まれるだなんて、失礼ね」


「いやいや、実際巻き込まれて……え？」

今の声……。

仕切り板越しにこそっと覗き見ると……やっぱりいた。雪宮だ。

「こんばんは」

「……おう。どうした。眠れないのか？」

「そんなところよ。はい、コーヒー」

「……サンキュー」

準備がいいな。もしかして、俺がいるって気づいてわざわざ淹れてきてくれたのか？

てか、今からこんなもん飲んだら余計に眠れなくなるんだけど。でも受け取っちゃったし
……仕方ない、いただくか。

二人で並んで、ベランダでコーヒーを飲む。

「……美味(うま)い」

「よかったわ」

いつもなら据(す)わりの悪さを感じるこういうやり取りも、ここでならそんな雰囲気にならない。これが俺らの距離感で、これでいい。いや、これがいいんだ。

そっと息を吐いて月を見上げていると、雪宮が「そういえば」と口を開いた。

「さっき出した宿題はわかった？」

「宿題？」

「信用と信頼の違いよ」

その話、まだ続いてたの？

「……わからん。同じだろう」

「全然違うわよ。信用は、過去のあなたの評価をもとにして積み上げられるもの。私は過去の八ツ橋(やつはし)くんなんて知らないし、このわずか二週間で信用に足る人かなんて見極められないわ」

ふむ……確かに、言えてる。まだたかだか二週間の関係だもんな。

「でも信頼は、信じて頼るって書くの。過去のあなたじゃない。今のあなたを……八ツ橋葉月(はづき)というあなたを、信じて頼るわ。だからこれからも、あなたを信頼する」

「────ッ」

仕切り板の向こうからそんな笑顔を覗かせて、今みたいなこと言うの……ずるすぎるだろ。

こんなことされると、うっかり好きになっちゃうからやめろ。

目を逸らし、「おう……」としか言えなかった。

「照れてるわね」

「照れてない」

「食い気味に否定するってことは、照れてる証拠よ。男子高校生ってちょろいのね」

「やめろ。全国の男子高校生を敵に回すな。ちょろいのは俺だけだから」

「自白したわね」

「……俺、お前嫌いだ」

「そう？　でも私、あなたのそういうところ、好感持てるけど」

だからそういうことを言うなって。本気にしちゃうでしょ。

まだ熱いコーヒーをグイッと飲む。この熱さが今はちょうどいい。

雪宮もこれ以上追及してくることはなく、無言でコーヒーを飲み進める。

すると、雪宮の方から吐息が聞こえた。

「思い出したことがあるの」

「何を？」

「……歌」

歌……？

と……ゆっくりとした曲調の歌が聞こえてきた。

美しい歌声で紡がれる、外国の歌。

月光の下、雪宮が歌う歌は、聞きなじみがないのにスッと頭の中に入ってくる。

まるで、純白の天使のような歌声に、雑念が消える。

さっきまでのことを忘れ、雪宮の横顔を見て歌声に聞き入ってしまった。

深夜二時とか、そういうのは関係ない。

いつまでも聞いていたい……そう思ったんだ。

最後まで聞き終えると、雪宮はそっと嘆息して目元を拭った。

多分、泣いていたんだろうか。

「……昔、お母さんが歌ってくれたの。子守歌代わりに」

「そうだったのか……」

「あなたのおかげよ」

「俺の？」

「今まで、家のことが嫌すぎてすっかり忘れていたわ。……でも、もう大丈夫。お母さんとの繋がりがあれば、私は」

「……そっか、よかったな」

今の俺には、それしか言えないけど……心の底から、よかったという気持ちが湧き上がる。

過去のことも、未来のことも、今は忘れよう。

今を大切に、月明かりの中、俺たちは気が済むまで、ゆったりと語り明かした——。

あとがき

ツンデレはいいぞ。どうも、赤金武蔵（あかがねむさし）です。

やはりツンデレはいい。基本ツンツンだけど、ふとしたことでデレを見せる姿のなんと尊いこと……。

というわけで、『ツンな女神様と、誰にも言えない秘密の関係。』をお読みくださり、ありがとうございます！

皆さんはツンデレは好きでしょうか？　赤金は好きです。いくら今時のキャラじゃないと言われようと、大好きです、大好物です（大声）。

氷花（ひょうか）は性格面ではツンデレ。生活面では表向きは完璧で裏ではだらしないという、二重ギャップで書かせてもらいました。これからどういう成長を遂げ（と）ていくのか、赤金も楽しみでなりません。

つまり、この先の氷花の成長を見るには、続刊が必要不可欠……！

どうぞ皆さん、この作品が面白いと思ったら、いろんな人におすすめしてください！　ご家族、友人、恋人、同僚、学校の先輩、後輩……繋がれ、ラブコメの輪！　よろしくお願いします！

【すぺしゃる・さんくす】

担当編集者さん。当作品にお声がけくださり、ありがとうございます！　無事に本として世に出せ、とても嬉しいです……！　magako先生。素敵すぎるイラストの数々、ありがとうございます！　どれも舐め回すようにして見させていただきました！　さらに、当作品に関わってくださったすべての方々。Webから支えてくださったすべての読者様。皆さんの助けがあり、ここまで来ることができました！　本当に、ありがとうございます！

これからもどうぞ、よろしくお願いします！

赤金武蔵

ダッシュエックス文庫

ツンな女神さまと、誰にも言えない秘密の関係。
赤金武蔵

2024年3月30日　第1刷発行

★定価はカバーに表示してあります

発行者　瓶子吉久
発行所　株式会社　集英社
〒101−8050　東京都千代田区一ツ橋2−5−10
03(3230)6229(編集)
03(3230)6393(販売／書店専用) 03(3230)6080(読者係)
印刷所　大日本印刷株式会社
編集協力　後藤陶子

ISBN978-4-08-631543-2 C0193

ダッシュエックス文庫

【第4回集英社WEB小説大賞・奨励賞】
クズ勇者が優秀な回復師を追放したので、私達のパーティはもう終わりです
江本マシメサ
イラスト／GreeN（グリーン）

迷子になっていた幼女を助けたら、お隣に住む美少女留学生が家に遊びに来るようになった件について6
ネコクロ
イラスト／緑川 葉

拾ったギャルをお世話したら、○フレになったんだが。
赤金武蔵
イラスト／上ノ竜

【第2回集英社WEB小説大賞・金賞】
許嫁が出来たと思ったら、その許嫁が学校で有名な『悪役令嬢』だったんだけど、どうすればいい？
疎陀 陽
イラスト／みわべさくら

世間知らずな勇者と1種類の火魔法しか使えない魔法使いの私だけで、めざせ魔王討伐!? 追放「した」側のぽんこつ冒険コメディ譚…！

お隣さんから始まったふたりも、恋人を経て婚約者に！ 新居で迎えるシャーロットの誕生日に、明人はサプライズを計画するが…？

吉永海斗がひとり暮らしの家に帰るとそこにはずぶ濡れのギャルが!? 学校の人気者だった後輩ギャルと秘密の同棲生活が始まる…！

突然すぎる許嫁発覚で、平凡な日常が一変!? すべてがパーフェクトな『悪役令嬢』と一つ屋根の下生活で、恋心は芽生えるのか…？